ヘフツィール物語

文　A・レペトゥーヒン
訳　岡田 和也
絵　きたやまようこ

ヘフツィール物語

もくじ

ヘフツィール物語

おとぎばなしの動物たちとふたりの女の子の友情についての
たのしくておかしくてほんとうのようなおはなし

作者より

長女のナースチャが生まれると、わたしは、ウサギのペトローヴィチとそのなかまたちについてのおはなしをねるまえに聞かせてあげるようになりました。

おはなしの主人公たちとかれらのあれこれの冒険は、次女のマーシャにうけつがれました。

それらのおはなしの多くはとうに忘れてしまいましたが、いくつかはおぼえていました。

わたしは、それらを本にまとめるために、文を書いて絵をそえました。*

もちろん、これは童話ですが、わたしの娘たちの母親やわたしの多くの友人がおもしろがってくれたので、大人にも読めるものです。自分の子供時代を忘れていない大人たちにも。

A・レペトゥーヒン

*この本の挿絵は日本版オリジナルです——編集部

ペトローヴィチ

ペトローヴィチはウサギです。ヘフツィールというところに住んでいます。ヘフツィールは自然保護区です。そこでは最後の野生の動物たちがダーチャ（小屋つきの家庭菜園）の人びとから身をかくしています。それらの動物たちは檻なしにまったく自由に暮らしています。みんな自分の心地よい小さな家に住んでいます。たとえば、ペトローヴィチにはすぐにウサギの家とわかるように屋根に耳のついた家があります。

ウサギのペトローヴィチには大きなほんものの愛がありました。キャベツをこよなく愛していました。それでときどき人間のダーチャへ足をはこんでいたのですが、悪さをするどろぼうではありません。キャベツの葉っぱを何枚かむしっても、だれがまずしくなりましょう？　それでもやはり気がとがめて、自分がつかまえられる夢を見ることもありました。

あるとき、ペトローヴィチは、たまらなく恋しくなって、だれかのダーチャへすっ飛ん

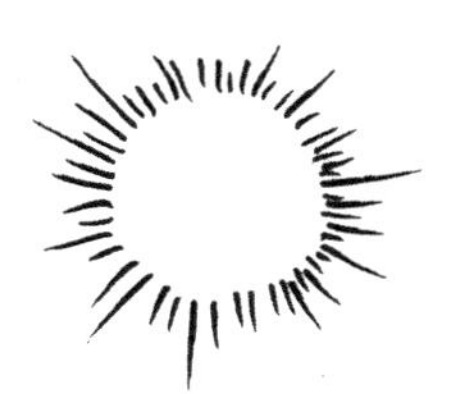

でいきました。キャベツの葉っぱを一枚もぐと、うっとり目をとじてかじりはじめました。ものすごいはやさで、ばりばり、ばりばり……。目をあけると女の子がいて、目をまるくしてペトローヴィチを見つめています。

ペトローヴィチは、あわてふためいて、自分でも思いもよらず人間の声で言いました。

「こんちは!……。ぼく一枚だけだよ」

「いいのよ、いいのよ」女の子はこたえました。「どうぞめしあがれ。あなたはだあれ?」

「ぼく? ぼくはウサギのペトローヴィチ、ウサギのペーチャの息子(むすこ)。きみはだあれ?」

「あたしはナースチャ、パパとママの娘(むすめ)……。ペトローヴィチ、あそばない?」

「いいよ。でも、ぼくできない」

「かけっこやかくれんぼはできる?」

「できる」

「じゃ、かくれんぼ!」

ママがパパに言いました。

「今日のナースチャはなんだかとってもごきげんね。一日じゅうきゃあきゃあいってわらったりかけまわったり」

「いいことだよ、イチゴをふんづけさえしなければね」パパは新聞(しんぶん)ごしにこたえました。

それはナースチャにとってもペトローヴィチにとっても最高にしあわせな一日でした。

それでいつのまにか時がすぎて、丘に日がしずんでもあそび足りないくらいでした。

「ナースチャ！　ナースチャ！　もう帰るわよ！」ママがさけびました。

「ナースチャ！　はやく！　もうじき暗くなるぞ」パパもさけびました。

「じゃあね、ペトローヴィチ。あたしのこと忘れないでね」

「ぼく、きみのこと、けっして、けっして忘れない」ウサギのペトローヴィチは言いました。「ぼく、きみが好きになった、キャベツみたいに……」

「あたし、あなたに手紙を書いてもいい？」ナースチャはたずねました。「住所はあるの？」

「あるとも！」ペトローヴィチはよろこびました。「ヘフツィール自然保護区、耳つきの家、ウサギのペトローヴィチ。穴のあいた郵便箱もつくって『ナースチャからの手紙用』って書いておくね」

「ナースチャ！　どこにいるの？」いらついたママの声が聞こえました。

「ナースチャ！　もう行くぞ。はやくおいで！」パパがさけびました。

「さようなら」ナースチャはそう言ってウサギの耳をなでました。「こんどの日曜日に来てね。いっしょにあそびましょう」

「行くよ」ペトローヴィチはうれしそうに言いました。

ナースチャは小道をかけていきました。走りながら三度ふり返りました。ふり返るたびに、ペトローヴィチがだんだん小さくなっていき、ますます大きく足をふっているのが見えました。

「さようなら、ペトローヴィチ！」

餌づけ

動物たちは魚つりに出かけました。ウサギのペトローヴィチもいっしょでした。ペトローヴィチは、魚は好きではありませんでしたが、なかまと魚つりをするのは好きでした。魚つりでいちばん大切なのはなんでしょう？　つりばりにえさのミミズをつけることですが、これを足でやるのはなかなかたいへんです。それがすんだら？　つりざおを持ってすわり、魚が食いつくのを待ちます。だまってじっと浮きを見つめているのです。

「なかなか食いつかないな」クマが小声で言いました。

「食いつかないから、食いつかないのよ」キツネが小声でこたえました。

「どうして食いつかないんだい？」オオカミがたずねました。

「餌づけされていないから、食いつかないんだよ」ペトローヴィチは、ため息をつき、つり糸をさおに巻きつけはじめました。

「餌づけされていないから？　魚にえさをやらないといけないの？　どんなえさをやる

んだい？」みんながたずねました。

「おかゆだよ。いつも同じ時間にね」

「ペトローヴィチ、あんたがいちばん川の近くに住んでいるんだから、あたしたちのために魚の餌づけをしてちょうだいな」キツネはたのみました。

「そうだよ、ペトローヴィチ！　餌づけをしておくれ。お願いだから！」オオカミとクマもたのみました。

「いいよ」ペトローヴィチはうなずきました。「一、二週間したら、魚つりにおいで。びっくりするから」

その日からペトローヴィチの仕事がふえました。晩のうちにバケツ一杯のオオムギを蒸し、夜があけると同じ時間に魚にえさをやりに行くのでした。

「魚たち、魚たち、魚たち！　魚たち、魚たち、魚たち、魚たち」ペトローヴィチは大声で魚をよび集めました。「大きなスプーンですんだ水のなかへ朝ごはんを入れてあげたよ」

するとどうでしょう！　大きいのや小さいの、ずんぐりしたのや平べったいの、銀色のや色とりどりの、いろんな魚が、よび声を聞いて集まってきたのです。魚たちは、えさにありつこうとおしあいへしあいし、「どうしてこんなにやさしいの？」と目をまるくしてふしぎそうにウサギを見るのでした。

　ウサギは、魚にえさをやるのが好きになりました。なにかの世話をするのは楽しく、やさしいと思われるのはうれしいものです。

「どう、餌づけはうまくいった？」キツネはペトローヴィチにたずねました。

「まだあんまり。もう一週間くらいかな」

もう一週間すると、なかまたちがペトローヴィチのもとへやってきました。

「どう、餌づけはうまくいった？」

「うん」ペトローヴィチはため息をつきました。「あま

りにもね」

「あまりにも？」オオカミはおどろきました。「えさを食いつくされちまったのかい？」

「魚とすっかりなかよしになっちゃったんだ。むこうはぼくをやさしいと思っていて、スパシーボ（ありがとう）ってお礼まで言うのさ」

「魚がしゃべるのかい？」クマは首をかしげました。

「まさか！　魚は口がきけないはずだよ！」

「あした、はやめに来ればわかるよ。ただ、つりざおは持ってこないでね」

　あくる朝、ペトローヴィチが大きなバケツをさげて岸辺にやってくると、もうなかまたちが待っていました。

「魚たち、魚たち」ペトローヴィチは小声でよびました。

　すると、たちまち川が魚で銀色になりました。魚たちが泳ぎまわるとふしぎな模様ができましたが、すぐにそ

れが文字であるとわかりました。川いっぱいにこう書かれていたのです。「ドーブロエ・ウートロ（おはよう）、ペトローヴィチ！」

「ほらね」ペトローヴィチはそう言ってなみだをふきました。「ぼくが魚にえさをやったら、魚はぼくを好きになってくれた。そんな魚をどうしてつかまえられる？」

みんなだまっていました。おどろきのあまり口をぽかんとあけたまま。

「みなさんは、お好きなように」ペトローヴィチは言いました。「でも、ぼくの魚はとらせない。じぶんで餌づけをするんだね」

すると、魚たちが泳ぎまわり、こんな模様（もよう）ができました。「スパシーボ、ペトローヴィチ！」

狩り

ペトローヴィチの家には鉄砲がありました。それはかざりとして壁にかかっていました。ペトローヴィチは、自分でもそれがこわかったのですが、みんなにはこう言っていました。

「雪がふったら、あるいは、あたたかい夏の晩に、ぼくはきっと狩りに行くよ」

みんながその話を聞かされていましたが、信じたのはペトローヴィチのいちばんの友だちであるイノシシの子供のフェーヂャだけでした。

「ねえ、いつ、いつぼくたちは狩りに行くの？」フェーヂャは毎日しつこくペトローヴィチにたずねました。

「今日は雨ふりでえものの足跡がみんな消えてしまった」ペトローヴィチはこんなふうにこたえていました。「今日はとても寒くて雪の上にはなんの足跡もない……」

ずっとこんなぐあいで、ペトローヴィチは毎朝フェーヂャが窓をたたく音で目をさますのでした。

「ねえ、お天気はどう？」

ペトローヴィチはとうとうフェーヂャに根負けしてしまいました。

「よし！」ペトローヴィチは言いました。「狩りに行くから、あしたの朝おいで」

「ウラー（ロシヤ人のよろこびのさけび声）！」

「しーっ。だれにもないしょ！　えものたちがかくれちゃう。そしたら狩りはだいなしさ」

「わかったよ」フェーヂャは小声で言いました。

ペトローヴィチとフェーヂャは夜があける二時間ほどまえに狩りへ出かけました。鉄砲を持ったペトローヴィチがまえを歩き、そのうしろをうれしそうなフェーヂャが音をたてないようにちょこちょこついていきました。

すると、ハンモックでまどろんでいたクマに出会いました。

「おまえさんたち、こんなはやくにどこへ行くんだい？」

「どこへって……。ぼくたち、狩りへ行くんだよ、狩りへ」フェーヂャは小声でこたえました。

「いっしょに行ってもいいかい？」

「だめだよ」ペトローヴィチは言いました。「おまえさんはのろまでうるさいから。えものたちがみんなおどろいてにげちゃうよ」

「なんだって！　おれはとてもおとなしい動物だよ！　枝一本鳴らさないから、つれていっておくれ！　どうしてだめなんだい？」

「わかったよ」ペトローヴィチはため息をつきました。「しかたない……」

いっしょに森の奥をめざします。

「みなさん、狩りへ？」キツネが自分の家のなかからたずねました。「じゃ、あたしも」

「おまえさんもかい」クマが言いました。「もういっぱいなのに」

「だいじょうぶよ」キツネは言いました。「おじゃまはしません。あたしが生まれながらの猟師だってこと、ウサギなら知っているわよね」

「わかったよ」ペトローヴィチはため息をつきました。「おいで。ただ、しずかにね。そして、ぴったりあとについてくること」

みんな一列になってしずかに進んでいきました。露がしたたり、空は明るみ、えもいわれぬ静けさでした。そこへオオカミがあらわれて、いっしょに狩りへ行きたがるのでした。けれども、オオカミはなかなか一列に歩くことができず、教えてあげなくてはなりませんでした。

けものや鳥たちも目をさまし、みんな狩りへ行きたがりました。ペトローヴィチは、は

じめのうちはみんなをつれていこうとはしませんでしたが、あとになると足をふってこう言いました。

「わかったよ。いっしょにおいで。ただ、しずかにね、でないと狩りができないから」

「あたしもごいっしょしていい⁉」カササギがわめきはじめました。

「おまえさんはつれていけないよ」ペトローヴィチは言いました。「だまっていられないもの」

「なら、このくちばしをしばって！」カササギはどうしても行きたくてそう言いました。

みんなは日が暮れるまで狩りをしました。その日の森はえもいわれぬ静けさでした。晩にはたき火をたいて輪になってすわり、赤い炎が青い星たちとたわむれるのを見つめていました。

「カササギのくちばしのひもをほどいてあげよう」ペトローヴィチは言いました。

「みなさん!!!」カササギはわめきはじめました。「なんてすてきだこと！　あしたも鉄砲を持ってみんなでお散歩しましょうね！」

みんなうなずきました。

三つの願い

ウサギのペトローヴィチは耳をしばらく動(うご)かしました。目をつむり毛布(もうふ)を鼻(はな)のところまで引っぱりあげました。けれども、ねむたくなりません。大きな黄色い月が窓(まど)からこちらを見ています。ペトローヴィチも月を見てこう言いました。

「これが月ではなく願(ねが)いごとをかなえてくれる金の魚だったらいいのになあ」目をつむるとこんな音がしました。

「とんとん、ペトローヴィチ、とんとん、ペトローヴィチ」

「きっとフェーヂャもねむれないんだな」

けれども、窓のそとには友だちのイノシシの子供のフェーヂャではなく月によく似(に)た金の魚がいるのでした。

「なにがおのぞみなの、ペトローヴィチ？」金の魚はそうたずねるとあいていた小窓(こまど)から入ってきました。「あなたの願いごとは？」

「願いごと？　そうだなあ……、でも、何回かなえてくれるの？」

「三回よ、ペトローヴィチ。三つの願いをなんでもかなえてあげる。さあどうぞ」

「なんでも三つだね？　そうだなあ……、フェーヂャと相談したいな」

「一つ！」魚は言いました。

すると、部屋のまんなかにフェーヂャがあらわれました。歯ブラシを口にくわえ、タオルを肩にかけています。そして、ねぼけまなこがびっくりまなこにかわりました。

「ペトローヴィチ！　どうしてここに？」

「ぼくじゃなくてきみがだよ。金の魚がきみをここへよびよせたのさ」

ペトローヴィチはわけを話しました。

「あのね、きみと相談したいと思ったら願いごとが一つなくなっちゃったんだ！　この魚は言ったことをたちまちかなえてくれる。魚さん、たちまちではなく一分くらいたってから願いごとをかなえてくれないかな。でないと、よく決まらないうちにかなってしまってとてもしゃくだから」

「二つ！」魚は言いました。

「二つ!?　どうして二つ？」ペトローヴィチはさけびました。

「たちまちではなく一分くらいたってからかなえてあげる。あと一つよ」

「きみってやつは、ペトローヴィチ！」フェーヂャはふくれました。「ドングリのつまったまほうのふくろをたのむかわりにつまらないものをたのんでしまう。いいかい、ドングリのつまったでっかいふくろ、ドングリがいくらでも出てくるふくろだってば」

「ぼくはドングリなんかいらないよ。なんにもいいことないからね」

「わからず屋(や)！　ドングリはとてもからだによくてきみのニンジンなんかよりずっとおいしいんだから」

「フェーヂャ！　きみにはがっかりだよ。なにかいいことを言ってくれると思ったのにドングリのことしか頭にないらしい」

「きみだってニンジンのことしか頭にないくせに！　願いごとを二つもむだにして、ぼくを起(お)こしたうえに悪口(わるぐち)まで言うなんて。きみにはもうなにも言ってあげないから」

「どうぞお好(す)きに！　言ってくれなくたっていい！　きみのまぬけな助(たす)け舟(ぶね)なんてなくても平気(へいき)！　ねむりたければねむればいい。自分のベッドへもどってぐうぐうおやすみ、ドングリ頭さん。きみといても時間(じかん)のむださ。ぼくはだれにも教わらないでひとりでしずかに考える。まったくあきれちゃうよ！……」

「三つ！」魚は言いました。

「三つ、どうして三つ⁉　あれ、フェーヂャはどこ？」

「フェーヂャはねむっているわ。さようなら、ペトローヴィチ」

「魚さん！　魚さん、きみはどこ？」

窓のそとには金の魚によく似（に）た大きなまんまるの黄色い月がかかっていました。

「ひどい夢（ゆめ）を見たもんだ」ペトローヴィチは言いました。

そして、月にむかってぺっと舌（した）を出してからねがえりをうちました。月もこちらにむかってぺっと舌（した）を出したのには気づかずに。

悪魔のいたずら

オオカミが自分の家のそばにすわって輸入(ゆにゅう)ものの缶(かん)づめのイヌのえさをいやそうに見ていました。

「フェーヂャ」オオカミは近くを通(とお)りかかったイノシシの子供に言いました。「一つお願(ねが)いがあるんだ」

「なんだい」

「この木かぶにちょっとすわっていてくれないかい」

「どうして？」フェーヂャはいぶかしげにたずねました。

「食欲(しょくよく)がわくように。このいやなものを食べておまえさんを見るんだよ。まえはこんな『ウィスカス』や『チャッピー』（どちらもペットフード）が好(す)きだったけれど、いまは頭がどうかしちまったみたいなんだ」

「どういうこと？」フェーヂャは心配(しんぱい)そうにたずねました。

「急にネズミをつかまえたくなったり綱につながれて散歩したくなったりするんだよ」

「そりゃたいへんだ」フェーヂャはため息をつきました。「でも、ぼく急いでいるからカエルさんに木かぶにすわってもらいなよ。じゃあね！」

カエルはとてもおりこうさんで、食欲をそそるようなポーズをとりはじめました。オオカミはそれを見ながらいやそうにスプーンで缶づめをほじるのでした。

フェーヂャはウサギのペトローヴィチの家へ急ぎました。

「ペトローヴィチ！」イノシシの子供はいきなりさけびました。「たいへんだ！」

「なにごとだい？」ペトローヴィチはたずねました。

「オオカミがぼくを食べたそうにしていたんだ！」

「ぼくのこともきのうなんだかへんな目でじろじろ見つめて、『なんでもない、おれはちょっとそのしげみにかくれておまえさんを見るだけだから、ペトローヴィチ』なんて言うんだ。ぼくがそんなトップモデルだってかい？」

「クマに相談しなくっちゃ」

「むだだよ。クマが二、三発おみまいしたところで、オオカミが菜食主義者になるかい？　別のことを考えたほうがいいよ」

「ぼくたちがこうして考えているうちに、オオカミは……」

「カエルを食べちゃった」カササギが窓からのぞきこんで言いました。「この目で見たんです。とてもわかいカエルでしたよ、やはり自然保護区の。だって自然保護区で生まれたんですもの」

「そりゃひどい！」フェーヂャは言いました。

「いまはオオカミのおなかのなかでけろけろ鳴いています。この耳で聞いたんです。とても悲しそうにけろけろって。それでオオカミは気がとがめているんです」

「そりゃたいへんだ」ペトローヴィチはため息をつきました。「気がとがめるとオオカミはますますけものじみるんだ。どうしよう？」

「ナースチャに手紙を書いて語り手のパパにどうにかしてもらっては」カササギは言いました。

ペトローヴィチが急いでシラカバの木の皮に何行か書くと、カササギはそれをくちばしにはさんで飛んでいきました。そのすがたが木々のむこうへ消えると、オオカミが森の草地にあらわれました。

「こっちへ来る！」フェーヂャは言いました。

イノシシの子供とウサギはとびらと窓をしめてかくれました。オオカミは近づいてとびらをとんとんたたきました。

「よう」オオカミは言いました。「あけておくれ」

フェーギャとペトローヴィチはだまっていました。

「おまえさんたちがいるのはわかっている。出てこいよ。話があるんだ」

「こっちにはないよ」フェーギャがこらえきれずに言いました。「おまえさんがカエルを食べたのを知っているぞ。はじしらず！」

「けろけろ」カエルは悲しそうに鳴きました。

オオカミが自分の腹をたたくと、カエルは「けろ！」とこたえました。

「こわがるなって」オオカミは言いました。「ちょっとおまえさんたちを見たいだけなんだから」

「だめ！」

「フェーギャ」オオカミは言いました。「足だけでも見せておくれ」

「きい！　きい！」イノシシの子供はとつぜん金切り声を出してベッドの下へかくれました。

「話してもむだなようだな！」オオカミはうなりはじめました。「ならばこうしてくれる！」

そして、とびらを押したり引いたりしはじめました。すると、でっかい箱が頭の上に落ちてきました。重たいやつが。オオカミは目を見ひらいて口をぽっかりあけました。すると、オオカミのなかからカエルがとび出して一目散に自分の沼をめざしました。けれども、オオカミはこれに気づきもしません。箱をあけるとメモがありました。

「オオカミ用」と書いてあります。

箱のなかにはヒツジのわき腹肉やオオカミ用のソーセージなどのごちそうがありました。おなかがいっぱいになるとオオカミはもちろんあやまり、あれは悪魔のいたずらだったと言いました。

「もしかすると、ヴィタミンが足りなかったのかな?」オオカミはため息をつきました。

「あんなこともうしないよ。ゆるしておくれ、この灰色くんを」

「わかったよ。しかたない」ペトローヴィチは言いました。「ちょくちょくおまえさんにこんな小包を送ってもらうように作者にたのんでみるよ」

「そりゃありがたい」オオカミは言いました。「悪く思わないでおくれ。みんなも知っているように肉食動物はやっぱり肉食動物なんだから」

新年の物語

「あしたはお正月。パパ、みんなでウサギのペトローヴィチのところへあそびに行かない？」ナースチャがたずねました。

「たしかに森には エゾマツがたくさんあってウサギもいるけれど、寒いし腰まで雪があるよ」

「パパ！　パパ！　どうしてなの！　約束したじゃない！　ペトローヴィチはあたしたちを待っているわ！　自分でこのウサギを考えついたくせに！　ペトローヴィチはあたしたちのことが好きなのよ！　いっしょに森のなかで橇に乗ったりたき火をたいたりするの。ママもいいってさ」

「ママがいいなら、……」

「ウラー！　森のウサギのペトローヴィチのところでお正月をむかえられる！　ウラー！」

夕暮れに森へ着きました。パパはいろんなごちそうや贈りものをつんだ橇をひいていました。ママはヨールカ（ロシヤのお正月にかざるツリー）につけるかざりやお正月の服を入れたリュックサックを背負っていました。

ナースチャはシラカバの木の皮のきれはしを手にしていました。そこにはへんてこなウサギの字でこう書いてありました。「冬の森でウサギのペトローヴィチの家を見つける方法」

「これが大きなエゾマツね。ここから左へ百回ウサギとびをして、そこからはずっとまっすぐ」ナースチャは言いました。

「むりだよ」パパは言いました。「おまえだけウサギとびで行っておくれ。わたしたちはあとからふつうに歩いていくから」

森のなかはしずかでした。あたたかいおおみそかの雪がふっていました。晴れた空からまっすぐに。

「空気のおいしいこと！」ママは言いました。

「それにちっとも寒くない」パパは言いました。

急に暗くなってきました。星たちに照らされたおおみそかの青い夜は、おとぎばなしのように美しい森をいっそう美しくしていました。

「おしまい」ナースチャは言いました。「地図はここでおわっているから、もう着いたってことね」

「ウサギのペトローヴィチの家はどこなの？」ママはたずねました。

「どうやら道にまよったらしい！」パパは心配になりました。「だから言ったろう！　あてにならないウサギの地図を見ながら夜の森なんか歩くなって。さてどうするか？」

「くくう……」

「カッコウかしら」ナースチャは言いました。

「くくう、くくう、くくう……」

「カッコウは夜には鳴かないし」ママは言いました。「冬にはいないものよ」

「ペトローヴィチだわ」ナースチャはよろこびました。「ねえ、ペトローヴィチ！　出てきて！　もう見いつけた」そう言ってシラカバの幹をぱんぱんたたきました。

すると、別のシラカバのかげからおめかしをした白いペトローヴィチが出てきました。そのすがたは星あかりのもとでしあわせそうにかがやいていました。そして、はずかしそうに。ナースチャに会うのは久しぶりだったから。

「こんにちは」ペトローヴィチは赤くなってそう言い、なぜかこうつけ加えました。「くくう」

思わずだきついたナースチャは、ペトローヴィチが急におもちゃのように小さくなったことに気づきました。

「大きくなったね！　のびざかりなの？」

「あたし、もう学校へ通っているのよ」

「ぼくの夢にあらわれるきみは、きみんちのダーチャでいっしょにかくれんぼをしたときのまんま……」

「おしゃべりはあと」パパは言いました。「ツリーをかざらなくちゃ」

パパがかざりの入った箱をあけると、ウソやスズメが飛んできました。鳥たちはかざりを一つずつくわえると、草地のまんなかの大きなエゾマツへ飛んでいきました。たちまちきれいなヨールカができました。色あざやかなウソたちがとまると、ヨールカはいっそう美しくなりました。

動物たちがヨールカに集まってきました。冬眠していたクマやハリネズミもやってきて、ネズミも穴から出てきました。みんなは雪だるまやすべり台をつくり、ママはヨールカの下にごちそうや贈りものをならべました。

オオカミとキツネはすぐに自分のつつみをひろげると、長くておいしいソーセージを両端からかじりはじめました。どちらも相手のようすをうかがいながら急いで食べています。

「そんなに急いだら相手の鼻までかじっちゃう」ナースチャは言いました。「ソーセージはもっとあるのよ」

みんながすてきな贈りものをもらいました。

リスはかわいいくるみわり。ウサギのペトローヴィチは大好きなクラッカー（ロシヤ語で「フロプーシキ」）。ペトローヴィチはそれを「フロプ・ウーシキ（ぱんぱん音のする耳）」とよんでいました。イノシシの子供のフェーヂャはドングリ入りチョコレート。クマは新しい羽まくら。ハリネズミはロシヤ食用キノコ読本の改訂増補版。フクロウはめざまし時計でした。

マローズおじいさん（ロシヤのサンタクロース）のかっこうをしたパパは雪娘（マローズおじいさんの孫娘）の服を着たママに言いました。

「最高のお正月だね」

「そうね、マローズおじいさん」雪娘のママはうなずきました。「まさにおとぎばなし」

おとぎばなしの動物たちもみんなうなずきました。

「待って、待って！」ペトローヴィチはさけびました。「おはなしをおわらせないで！　マローズおじいさん、つづきはあるの？」

「あるとも。きっとあるとも。だって、ナースチャはきみを愛しているんだもの。ナースチャは毎晩きみについての新しいおはなしをせがむんだよ」

「ということは、ぼくたちもっといられるんだよ、みんな」ペトローヴィチはなかまたちに言いました。「新しいおはなしができるんだもの」

ペトローヴィチと正直なニワトリたち

「ペトローヴィチ」キツネがウサギのペトローヴィチに言いました。「これ、あんたに贈りもの」

キツネはふたのついたかごを持っていて、かごのなかでなにかがぴいぴい鳴いています。

「ニワトリのひなをあげたいの、しばらくのあいだ。夏はあんたのところにおいといて、秋になったら返してもらう。いい？」

「なんてかわいいんだろう！」ペトローヴィチはうれしくなりました。「一羽、二羽、三羽。ほんとうにいいのかい？」

「なにを言うの、ペトローヴィチ！　あたしたちは古くからのお友だち！　朝と晩にキビを食べさせて水をかえるだけでいいの、ミミズは自分たちで見つけるから。うちゅちゅ、あたしの黄色ちゃん、うちゅちゅ、あたしのおちびちゃん。大きくなってまるまる太るのよ。じゃあね！」

こうしてペトローヴィチのもとにひな鳥たちがあらわれました。ペトローヴィチは鳥を育てるのが上手で、えさをやるときにはいつもなにかを教えてあげました。

「ひな鳥さんたち！　いつもみんなにほんとうのことを面とむかって言うんだよ。ほんとうのことを言わないものは、ぜんぜん立派な動物、つまりニワトリ、ではないんだから。わかったかい？」

「わかった、わかった、わかった」ひな鳥たちはぴいぴい鳴いてあどけないつぶらな目でペトローヴィチを見るのでした。

ひな鳥たちはすくすく育ってとても正直なニワトリになりました。

「ペトローヴィチ」あるとき一羽のニワトリが言いました。「あなたはわたしたちの育ての親ですが、わたしはあなたにほんとうのことを言わなくてはなりません。あなたはだらしないですよ、ペトローヴィチ」

「そのとおり」別のニワトリが言いました。「あなたは最後にいつ自分の家の床をあらいましたか？」

「鏡をごらんなさい」三羽目がつけ加えました。「ペトローヴィチ、あなたはまったくなりふりかまわなくなりました」

ペトローヴィチは鏡をのぞきこみました。

「いかにもウサギじゃないか。きりっとしている。ただボタンが一つとれていて、シャツがズボンからはみ出しているな……」

「はじしらず！　はじしらず！　はじしらず！」ニワトリたちがさわぎたてると、ペトローヴィチもなんだかはずかしくなるのでした。

「わかったよ、ニワトリさんたち、もうお行き。ぼくこれからそうじをするから」

「ペトローヴィチ、気にさわったようですね」一羽目が言いました。

「ほんとうのことを言われて腹をたてるのはうぬぼれ屋さんだけですよ」二羽目が言いました。

「自分でそう教えてくれたじゃないですか」三羽目が言いました。

「お、行、き、ったら!!!」ペトローヴィチは自分をおさえきれずに声をあらげました。

「森でも散歩するがいい。こっちはそうじ！」

「やっぱりだらしないのがはずかしくなったんですね」一羽目のニワトリが言いました。

二羽目も言おうとしましたが、ペトローヴィチはとびらをばたんとしめてしまいました。

半時間ほどすると、オオカミがたずねてきました。

「ペトローヴィチ、おまえさんとこのニワトリたちは口が悪いな！　なんてぬかしたと思う!?　おれには知性がないんだとよ！　ひどいだろう!?　でも、ひょっとして、ほんと

うにないのかな？　ちなみにおまえさんはそれがどんなものか知っているかい、ペトローヴィチ？」

「知性かい？　おりこうさんとおばかさんをわけるもの。どうやらぼくにはまったく知性がないらしい。どうしてぼくはあんなおばかさんたちにお説教をたれたりしたのかな？　キビだけやっていればよかったものを」

しばらくすると、クマが腹をたててやってきました。

「ペトローヴィチ、おまえさんのニワトリたちをだまらせておくれ。やつらは森のみんなの気分をだいなしにしてしまった。カササギはもうかんかん。フェージャも悪者にされた。アリさんたちも怒っている。おれのことは、一生でいちばんいい時をねむってすごし、もう玄関のじゅうたんにしか使えない、それも外の、なんて言ったんだぜ」

「あいつら！」ウサギは言いました。「もうゆるさん！」

「どうしました？　ほんとうのことを言われて耳がいたいのですか？」一羽目のニワトリがしげみから出てきてたずねました。

「あなたのキビをついばんだらわたしたちがへつらうとでも思っていたのですか？」二羽目がたずねました。

「おかどちがいです」三羽目の正直なニワトリが言いました。

ペトローヴィチは一声うなると身をひるがえしてどこかへかけていきました。すぐにもどってきましたが、キツネをつれていました。

「こんにちは、キツネさん」一羽目の正直なニワトリが言いました。「あなたのいやしさについては耳にしていますよ。たっぷりと」

「あなたがわたしたちをまるまると太らせるためにペトローヴィチにあずけたのを知らないとでも思っているのですか？」二羽目がたずねました。

「殺し屋！」三羽目がつけ加えました。

「そりゃほんとうか!?」ペトローヴィチはキツネにたずねました。

「キツネが自分でみとめるもんですか！」一羽目のニワトリが言いました。

「ペトローヴィチ、あなたはまぬけでなにも知らなかったのです。森では夏じゅうあなたとキツネが秋に殺しをやるつもりだという話でもちきりなのですよ」

「けれどもおかどちがいです」三羽目がつけ加えました。「わたしたちも自然保護区に住んでいて、自分たちの権利を知っていますから」

「あなたがたは檻に入れられてしまいます……」一羽目のニワトリが演説を始めました。

「ペトローヴィチ！」キツネはわめきはじめました。「あんたがひな鳥たちをだいなしにしたのよ！　こんなはじしらずに育てちゃって！　あんなのもう見たくもないわ！」

「どこへ行くんだい！」ペトローヴィチは遠ざかるキツネにさけびました。「あれはおまえさんのだよ！　持っていっておくれ！」

「いくらよんでも」一羽目は言いました。「もどっちゃきません……。ほら、もう橋をわたるところ、赤毛の魔女が」

「ほんとうのことほど強いものはありません」二羽目のニワトリが言いました。

「キツネどころかゾウだってそれにはかないません」三羽目がつけ加えました。

「ゾウ」ペトローヴィチはくり返しました。「ゾウだってかないません……。おまえさんたちをどこへやればいいかわかったぞ！」

「どこへ？　どこへ？　どこへ!?　どこへ!!?」正直なニワトリたちは心配になりました。

二週間後、動物たちはいつものように大きな原っぱで晩のたき火をかこんでいました。

「まもなく秋だね」ペトローヴィチは言いました。「もう涼しいもの」

「ほんと涼しいわね」キツネはうなずきました。「もう息が白いもの」

「そういや、ペトローヴィチ」クマがたずねました。「おまえさんの正直なニワトリたちはどこへ行ったんだい？」

「そうね、あのはじしらずな鳥たちはどこにいるの？」キツネもたずねました。

「ぼくはやつらを町へはたらきにやったんだよ。いまはサーカスの人気者。演目は『人さわがせな正直なニワトリたち』。むこうでもさっそくみんなとけんかしたけれど、お客がわんさかやってくるのでゆるしてもらっている。みんなあのニワトリたちを見たがっているんだって。たいしたもんだよ、ぼくの教え子たちは」

ペトローヴィチがため息まじりにお茶の葉をなべに一つまみ入れると、みんなコップをとり出して、いつもの晩のお茶の時間が始まりました。

カーニヴァル

ある晩、動物たちはみんな大きな原っぱでたき火をかこんで退屈しのぎにむかし話を思い出していました。

「カーニヴァル」キツネは言いました。

「なんだって?」オオカミがたずねました。

「カーニヴァルのおまつりをしましょう」

「そりぁいい!」ウサギのペトローヴィチはすっかりうれしくなりました。「お面をつけて、ゆかいな服を着て、花火をやろう……」

「火事をやろう」イノシシの子供のフェーヂャが言いました。

「火事をやって、お客さんをよぼう……」

「火事はやらん」クマが言いました。「花火は川でやるんだ。おまつりのごちそうをつくって、舟あそびをしよう。ペトローヴィチ、ナースチャとパパとママもよんでおくれ」

「ダンスも！　ダンスも！」リスたちがはしゃぎました。

「ぼくはナースチャになる」フェーヂャは言いました。

「ぼくも！　ぼくも！」ウサギのペトローヴィチがさけびました。

「ブタみたいな鼻をしたナースチャが『ぶうぶうぶう！』」

「ぼくの鼻のどこがいけないんだい？」

「しずかに！　しずかに！　では土曜の晩にカーニヴァルということに。おれは花火がかり」クマは言いました。

「すてきだけろ！　すてきだけろ！」カエルたちがはしゃぎました。「わたしたちは兵隊さんになるけろ。緑の制服！　すてきだけろ！」

　土曜の晩、自然保護区は見ちがえるようでした。大きな原っぱと川のほとりは花輪や小旗や鬼火でかざられ、お客たちは音楽でむかえられました。お客たちと主たちは、あいさつをかわしながら、だれがだれかを知ろうとしていました。

　キツネは「忘れえぬ人」（ロシヤの画家イヴァーン・クラムスコーイの名画）のかっこうをしてみんなをあっと言わせました。大きな花かんむりをあんで頭にのせ、花のなかではホタルたちがエメラルド色にきらめいていました。

「すごいだけろ！　きれいだけろ！」カエルたちは見とれました。

カエルたちは、自分たちに小さな制帽と肩章をつくり、列をくんで原っぱを行ったり来たり行進していました。

クマはパパになり、パパはクマになりました。キリンになったママは、クマとパパをまちがえてばかり。リスたちはバレリーナになって、ねじをまかれたようにはねていました。ハリネズミたちはサッカーボールになって、みんなの足もとにころがっていました。

ナースチャは、ひげと大きな耳をつけ、ウサギのペトローヴィチそっくりになりました。フェーヂャとペトローヴィチは、スカーフをかぶってドレスをまとい、どちらもナースチャになりました。ペトローヴィチのナースチャは、スカーフの下から耳がアンテナのようにぴんととび出しており、フェーヂャのナースチャは、おもしろおかしくぶうぶういうのでした。ところが、海賊になったオオカミがやってきて、すべてをだいなしにしてしまいました。オオカミは、出ばったおなかをなでながら原っぱを歩き、「フェーヂャ、おれのフェーヂャちゃん」と言うのでした。自分ではそれがとてもおもしろいと思ったのですが、フェーヂャは泣きだして原っぱの暗いすみっこへかけていきました。ナースチャとパパがそこでしくしく泣いているフェーヂャを見つけました。

「泣かないで」ペトローヴィチのナースチャというかナースチャのペトローヴィチが言いました。

「ええーん！　あなたたちにぼくのきもちはわかるまい。こっちはイノシシの子供でむこうはオオカミ。やつはぼくをからかっているんだああーん！」

「それじゃ、オオカミをこわくなくしてあげようか？」パパはたずねました。

「うん」

パパは自分のてのひらをハンカチでかくして「一、二、三！」と言いました。

パパがハンカチをとると、てのひらにオオカミがのっています。それは甲虫くらいの大きさでした。オオカミはなにがなんだかわかりませんでしたが、大きなフェーヂャの頭がおおいかぶさってくるとこわくてたまりませんでした。

「もうしない」オオカミは泣きだしました。「わかったよ！　もうけっして小さいものをいじめない！　自分がこんなに小さいんだもの！」

「やつが泣いているぞ」フェーヂャは言いました。「もうゆるしてあげよう」

「そうだね」パパは言いました。「いいか、オオカミ、また弱いものいじめをしたらすぐに小さくしちゃうぞ」

オオカミはまた大きくなり、とてもやさしくなりました。蚊たちに道をゆずったりカエルたちに頭をさげたりするほどでした。それから、みんなは、中国のちょうちんでかざられた舟にのり、おとぎばなしのような花火を楽しみました。ふきあがる火は動物たちのすがたにかわり、火花がちらばりました。緑や赤や黄色の火花は、ふしぎなことに水のなかでも消えず、夜の川を流れくだっていくのでした。

「ウラー！　ウラー！」動物たちとお客たちは歓声をあげました。

ダンスのあとは、たき火をかこんでのおまつりの夕食です。ナースチャは自分のお面をとりました。すると、三人のナースチャがならんでおまつりのテーブルについているのでした。

「おとぎばなしのゆうべ」ナースチャは言いました。「いったいだれがこれをみんな考えついたの？」

「動物たちさ、もちろん」パパがこたえました。「わたしの動物たちはもう自分でおはなしをつくれるようになったんだよ」

初めての町

ウサギのペトローヴィチはナースチャの家へあそびに行きたくなりました。

「どうやって町であの子を見つけるの？」イノシシの子供のフェーヂャはたずねました。

「これが招待状(しょうたいじょう)。これは地図(ちず)で、ナースチャがパパといっしょにかいてくれたもの。ほら、これがぼくの家。これがバス。これがナースチャの家。これがあの子の窓(まど)。ここへ小石をなげるんだ。ぼくは自分の窓を二回こわしちゃった。石をなげる練習(れんしゅう)をしていてね」

「バスはどうするの？　ウサギも乗(の)れるの？」

「もちろん！　ナースチャのパパがそう言っていたもの」

ペトローヴィチはなかまたちに別(わか)れをつげました。町の友だちにごちそうするためにシラカバの皮(かわ)のいれものにベリーをたくさん入れて、バス通(どお)りへぴょんぴょんはねていきました。バス停(てい)にはトマトをいっぱい持(も)ったダーチャの人たちがいました。ペトローヴィチは、やってきたバスにそっととび乗(の)ると、足とトマトのあいだをすりぬけて座席(ざせき)の下へか

くれました。出発！　すると、怒ったような
声がペトローヴィチの耳に入りました。
「乗車券をおもとめください！　検札をし
ます！　ウサギ（無賃乗車の人）はいますか？」
「ぼくウサギです！」ペトローヴィチはそ
うさけんで座席の下からはい出ました。
「あら、ほんと！」

「しゃべるウサギだ！」

「きっとサーカスではたらいていて森へ里がえりしたのね」車掌さんは言いました。「ウサギさん、どちらまで？」

「ナースチャのところまで。ほら、これが地図」

「いやはや」乗客たちはみんなおどろきました。「しゃべるウサギが地図を見ながらバスに乗るようになったとは」

「あんたはウサギだから切符はいらないわ。降りるときに教えてあげるね」

「ありがとう」ウサギのペトローヴィチは言いました。

「おまけに礼儀正しいときた」ダーチャの人たちはおどろきました。

ナースチャのバス停でペトローヴィチはでっかくておっかないイヌにおそわれました。

「こら！　こら！　こら！」イヌをつれた人はそうさけびましたが、イヌは言うことを聞かず、ほえながらペトローヴィチをおいまわしました。

ペトローヴィチはもう少しで車にはねられそうになり、路面電車やランプがぴかぴか光る車にもひかれそうになりました。しげみにかくれて一息つくと、地図がありません！

ベリーの入ったシラカバの皮のいれものはあるのですが、地図は!?　ないのです。

ペトローヴィチがしゃがんで泣いていると、やかましい町のスズメたちが飛んできました。

「ウサギさん、どうして泣いているの？　この町の芝生に水をやっているの？　水をやっているの？　水をやっているの？」

「地図をなくしちゃったんだ。それがないとナースチャの家が見つからない」

「カササギ、カササギ、カササギさんたちにたのみなよ！　どこへでももぐりこむから、なんでも知っている！　知っている！　知っている！」

すると、カササギたちが飛んできました。

「知っている！　知っている！　ナースチャを知っている！　病気のハトをひろってなおして放してあげた女の子。ここがその子の家。あれが窓。たたいてごらん！」

ペトローヴィチは小石をひろって窓へなげました。がちゃん！　すると、ナースチャの顔が窓にあらわれました。とてもうれしそうな顔がこうさけびました。

「ウラー！　パパ！　パパ！　ペトローヴィチが来た！」

ペトローヴィチはニンジン入りのお茶をごちそうになりました。それから、ナースチャにパパの絵を見せてもらいました。ナースチャのパパは絵かきなのです。まだできていないおはなしにそえる絵もありました。

「おもしろいなあ」ペトローヴィチは言いました。「これからどうなるかわかるし、きみについてのどんなおはなしができるかわかるんだもの」

「さあ、あそびましょう」ナースチャは言いました。

ペトローヴィチは一日じゅうかくれんぼやおにごっこやなわとびをしていました。どれもウサギの好きなあそびです。日が暮れそうになるとペトローヴィチは言いました。

「もう帰らなくちゃ。キャベツに水をあげないと。それにフェーヂャがぼくのことを心配するから」

ナースチャとパパはペトローヴィチをバス停まで見送りました。パパは切符を買ってあげました。

「ペトローヴィチ、これでもうきみはウサギじゃない」

「じゃあだれ?」

「れっきとした乗客だよ」

「じゃあ耳は?」

「きみは大きな耳をしたれっきとした乗客だよ」

ナースチャはペトローヴィチに手をふりました。とびらがしまりクラクションが鳴ると、バスはウサギのペトローヴィチをおとぎの森へはこんでいきました。

忘れられたものたち

ペトローヴィチは元気がなくなってすきとおりました。からだのむこうに木々がすけて見えるほどです。最初にこれに気づいたのはイノシシの子供のフェーヂャでした。けれども、フェーヂャも秋の水たまりの氷のようにすきとおりました。おとぎの森とそこの動物たちもいつのまにかみんな消えてしまいました。だれもが悲しい気分で、天気もよくなりません。

「ぼくみんなわかった」おりこうさんのフェーヂャが友だちのウサギのペトローヴィチに言いました。「ぼくたち忘れられたんだ！」

「どういうこと？」

「ぼくたちはおとぎの森のおとぎばなしの主人公。ナースチャのパパがナースチャといっしょにぼくたちをつくりだした。けれどナースチャは大きくなってもうぼくたちを思い出さない。それでぼくたちいまにも消えそうなんだよ。だんだん忘れられ、すっかり忘れられたら、ぼくたちいなくなってしまう。ずーっと」

ペトローヴィチは泣きだしました。こわくなったのです。消えたくなかったから。

「泣かないで」イノシシの子供のフェーチャは言いました。「ぼくたちきっとなにか考えつくよ。大きな会議をひらかなくちゃ」

晩にすべての動物が明るくもあたたかくもないたき火のまわりに集まりました。みんなからだをよせあって、ぐあいが悪いとこぼすのでした。

「食欲もない」オオカミはため息をつきました。

「はちみつやキイチゴもぜんぜんおいしくない」クマは言いました。

「雪もふらず日も照らず、しっぽが灰色になっちゃった」キツネがぐちりました。

フェーチャとペトローヴィチがわけを話すとクマが言いました。

「それじゃ、おれたちのことを書きとめてもらおう」

「どうやって?」オオカミがたずねました。

「どこに?」ペトローヴィチがたずねました。

「書きとめてもらえば、もう忘れられない。本に書きとめてもらえば、ほかのパパたちやママたちも自分の子供たちに読んで聞かせる。そうなれば、おれたちまえよりもっとゆかいになるよ」

「ウラー！」ペトローヴィチがさけびました。「これで助かった！　はやく書きとめてもらわなくちゃ。ぼくたちのことを読んでもらえるように」

「でも、書きとめられたら、同じおはなしばかりくり返されるぞ。まえはみんなちがっていたのに」クマは言いました。

「くり返されません！」カササギが言いました。「されません！」

みんなおどろいてそちらをむきました。

「されません!!!」

「どうして？」

「ナースチャの妹、マーシャが生まれたから！　もうすぐ新しいおはなしが始まるわ！　まえよりもっとゆかいなのが！」

「ウラー！」歓声があがりました。「マーシャばんざい！」

「でも、おはなしの名まえはどうなるんだい？」ペトローヴィチがたずねました。「まえはナースチャのおはなしだったから、こんどはマーシャのおはなし？」

「それもなんだかおかしいね」フェーヂャは言いました。

「そうだ」クマが言いました。「『ヘフツィール物語』にすればいい」

「マーシャがはやく大きくならないかな」ペトローヴィチは言いました。「なんだかぼくもうとってもとっても……愛しているみたい」

ペトローヴィチがはずかしそうに赤くなると、おとぎの森も色とりどりのゆかいな森にもどりました。

おとぎの森のマーシャ

「さて、こちらはぼくの友だちのイノシシの子供のフェーヂャ。こちらはなかまのクマさん。こちらはオオカミさん。こちらはキツネさん。こちらはカサギさん。こちらはそのほかのみなさん。そして、こちらがぼくたちのナースチャの妹のマーシャ。これからパパがマーシャのためにぼくたちのおはなしを考えてくれるんだって」

「ねえ、マーシャ、きみもすぐに大きくなっちゃうの？　そしたら、ぼくたち、忘れられたおとぎの森の忘れられたおとぎばなしのだれのものでもない動物たちにもどっちゃうの？」フェーヂャがたずねました、

「そんなことないわ。あたしこれからたっぷりみなさんのおはなしを聞かせてもらう。ずっと女の子のままでいたいの」

「ナースチャのことを教えて。いまはどうしているの？」ペトローヴィチはたずねました。

「もうすっかり大きくなったわ。お友だちもたくさん！　毎日だれかの誕生日におよばれしている。いつもいそがしそう」

「かわいそうなナースチャ」ペトローヴィチはため息をつきました。「ぜんぜん時間がないんだね。ほらね！　あの子のせいじゃないって言ったろう！　だいじょうぶ、友だちだって別れたり病気になったりするものさ。そしたら、またぼくたちのことを思い出してくれるよ。もしかすると、ぼくたちのおとぎの森をちらっとのぞいてくれるかもしれない」

「ナースチャにつたえておくれ、おれたちはきみを忘れずに愛しているって」オオカミは言いました。

「なんでもおぼえていて、いまじゃ自分たちでナースチャのおはなしをしているって」

みんなわいわいさわぎだしました。

「ナースチャのことばっかり。それよりあそびましょう！」マーシャが言いました。

「怒らないで。きみはもうぼくたちの大切な女の子で、ぼくたちはきみのおとぎばなしの動物なんだ。さあ、なにしてあそぶ？」ペトローヴィチはたずねました。

「狩りごっこ？」

「それとも、ペトローヴィチの魚の餌づけごっこ？」

「それとも、悪いお天気ごっこ？」

「悪いお天気ごっこって？」マーシャがたずねました。

「あるとき、パパがナースチャにおはなしを始めると、ナースチャはねむりこんでしまい、パパは『それから雨がふってきました』のところでとまり……」クマがこたえはじめました。

「あたしたちのところに雨がふってきたの。ふってふってふりつづいたの。おはなしがさきへ進まなくなってしまったから！」キツネがつづけました。

「みんな雨でびしょぬれ。小川は水でいっぱいになり、ふくらんであふれ、ぼくのニンジン畑までせまってきた」

「なんとかしなくちゃ！　どうしておはなしがさきへ進まないの？　みんなそこでおぼれちゃう！　みんなどうか助かって！」みんなさけびました。

すると、ほんとうにどしゃぶりの雨！　川は水でいっぱいになり、あちこちへ流れだしました。いっぱいのコップからお茶があふれるように。一分たつとみんなは島の上にいて、島はだんだん小さくなっていきました。

「はやくいかだをつくらなくちゃ」クマが言いました。「大事なのはあわてないこと。おれたちはきっと助かる」

「ペトローヴィチ、はやく綱を持ってきて！」

動物たちは急いで数本の丸太をしばり合わせました。みんなそれに乗りましたが、川は待ってくれず、一秒たつともう海の上！

「ほら、あそこにしげみがあるわ！　そっちへ行きましょう！」マーシャがさけびました。

「あれはしげみじゃなくて木々のこずえだよ」クマが水の音に負けないようにこたえました。

「あれ、消えちゃった。もうどこまでも水ばかり」フェーヂャはため息をつきました。「ぼくたちこれからなにを食べるの？」

「なにを、なにを」オオカミがぶつぶつ言いました。「おなかがすいたらだれを食べるか決めよう」

「ミーシャ（クマの愛称）、オオカミがまたぼくを食べたそうに見たよ」フェーヂャは言いました。

「みんな」クマは言いました。「けんかはよそう。こんな大水のときにけんかを始めるなんて」

「どうしたら助かるか考えましょう」キツネはしっぽで雨をよけながら言いました。

「だいじょうぶ」マーシャは言いました。「あたしがついているもの。ちゃんとおはなしをおわらせるから」

「は、や、くっ、おわらせて！」ペトローヴィチは言いました。「寒くて歯ががちがちいっている」

「雨がふってふって、ぱたんと……やみました。すると、おひさまがのぞきました！　大きくて明るいおひさまが！」マーシャはさけびました。

すると、なんと！　雲に四角いあながあいて、ぴかぴかのおひさまがのぞきました。すると、たちまち水が霧になりました！　あたり一面がぐらぐらわきたって霧につつまれ、いかだがまっさかさまに落ちていきました。がっしゃーん！　いかだはおとぎばなしの原っぱに落ちました。水は小川となって川へ流れこみ、ようやく大水はおわりました。なにごともなかったように。

「悪いお天気ごっこでした」ペトローヴィチは言いました。「これから家に帰ってなかのものをみんなはこび出そう。ベッドや冬の毛皮外套をかわかさなくちゃ」

「さようなら、マーシャ」みんなは言いました。「おはなしはこれでおしまい」

「マーシャ、きみはおやすみ」そう言うとペトローヴィチはおひさまにかがやく水たまりをばしゃばしゃふんで自分の家へ帰っていきました。

好い日

「ペトローヴィチ！　起きて！　雪だるまをつくりに行こう！」イノシシの子供のフェーヂャがウサギのペトローヴィチの家へ飛びこんでさけびました。

「どうして？」ウサギのペトローヴィチはそうたずね、耳を左右にひろげました。

「雪だるまにはもってこいだよ。あたたかくて雪もよくくっつくし。もうすぐ春なのにぼくたちまだ一つも雪だるまをつくっていない。それからね……」

「よし。行こう」ペトローヴィチはそう言ってスコップをとりました。「どんな雪だるまをつくる？　ウサギの？」

「どうしてウサギのなの？　イノシシの子供のだよ、もちろん！　イノシシの子供はほらこんなおなかでこんな耳でこんなかわいい鼻をしている。とてもかっこよくておもしろいよ。それからね……」

「わかった、わかった。はやく行こう」

雪はしずかにふっていました。ひとひら、ひとひら、はらはらと。そして、ほんとうによくくっつくのでした。フェーデャとペトローヴィチは、たちまち自分たちが雪だるまみたいになり、まもなく大きな原っぱへ出ました。

「すごいぞ！」ペトローヴィチは言いました。「ここにつくろう」

もうころがせないくらい大きな雪だまをいっしょにつくりました。

「イノシシの子供のおなか」フェーデャが言いました。

「あるいはウサギの」

その上にすこし小さな雪だまをのせました。

「ウサギの頭」ペトローヴィチが言いました。

「あるいはイノシシの子供の」フェーデャが言いました。

その頭にフェーデャはぽんと雪だまをくっつけてあなを二つあけました。

「イノシシの子供の鼻」フェーデャが言いました。

ペトローヴィチはこたえません。大きな耳をつくっていたのです。フェーデャはちょっと考えてからくるんとまがったしっぽをつくりました。

「ねえ、ペトローヴィチ、きみはどこでそんな耳の大きなイノシシの子供を見たの？」

「じゃあ、きみはどこでイノシシの子供みたいな鼻をしたウサギを見たの？」

「だって、イノシシの子供をつくっているんだよ！」

「ちがう、ウサギ！」

「イノシシの子供！　イノシシの子供！　イノシシの子供！」

ペトローヴィチはため息をつきました。

「フェーヂャ、きみとはなにをやってもうまくいかない。もう一つ雪だるまをつくるよ」

「イノシシの子供をもう一つ？」

「一つはイノシシの子供、もう一つはウサギ」

「そして、三つ目はオオカミ」オオカミが言いました。雪だまりのてっぺんからずっとけんかをながめていたのです。オオカミは、胴と頭としっぽをさっさとこしらえ、歯をしあげているところでした。

フェーヂャとペトローヴィチもすっかり夢中です。できあがってまわりを見ると、ほかの動物もみんな原っぱで雪だるまをつくっています。どれもなぜか自分にそっくりで、スズメたちさえ群れをなしてでっかいスズメをつくっていました。

「今日は雪だるまにはもってこいだってぼく言ったろう」フェーヂャは言いました。

そのあと、みんなは、雪だるまを一つ一つながめながら原っぱをそぞろ歩きました。

「マーシャをつくろう」ウサギのペトローヴィチが言いました。

「パパも」フェーヂャが言いました。

「じゃ、ママも」キツネが言いました。

みんなでなかよくつくりはじめました。まもなく原っぱのまんなかに大きな大きな雪のパパができました。雪のパパは雪のママと手をつなぎ、雪のママはほほえむ雪のマーシャと手をつないでいます。

「群像作品だな」クマが言いました。「よく似ている」

「うまくできた」ペトローヴィチもうなずきました。「でも、なにか足りない」

「ひょっとして、しっぽ?」オオカミはたずねました。「だって、みんなにしっぽがあるもの」そう言ってほかの雪だるまを指さしました。

「角もないって言ってみな」フェーヂャがそう言ってくすくすわらいました。

「ナースチャがいないんだ」ペトローヴィチは言いました。

「でも、あの子はもうすっかり大きくなって、おれたちのおとぎの森をはなれてしまったよ」クマは言いました。

「じゃ、小さいのをつくろう。ぼくたちのおはなしに出てきたときのように」

「だめよ」キツネは言いました。「妹のマーシャより小さくなってしまうもの。そんなのありえない」

「いいんだよ！　ぼくたちのおはなしではありえないことだってみんなありえるんだから」ペトローヴィチはうれしくなりました。

「なにをごちゃごちゃ言っているんだい？　さあ、とりかかるぞ！」クマは号令をかけました。

すこしたつと、雪のマーシャが小さな小さな雪のナースチャと手をつないでいるのでした。そのとき、雪がやんで夕日がのぞきました。すると、雪だるまはみんなキイチゴ色にそまり、うしろに長くて青いかげができました。

みんなその美しさに息をのみました。

「おはなしがもうおしまいでざんねん」

ペトローヴィチは言いました。

「さあ、おれのところであたたまろう。キイチゴのジャムであついお茶を飲もう」

クマが言いました。

みんなもちろんうなずきました。

「ゆかいな」穴からの飛行

イノシシの子供のフェーヂャは、お茶を飲みおわるとコップをどけて、友だちのウサギのペトローヴィチにたずねました。

「ペトローヴィチ、まえから聞きたかったんだけれど、上のたなにあるのはなんの本なの？」

「どれ？　ああこれは……とてもいい本だよ。だれかが消し忘れたたき火のそばのごみのなかにあったんだ。火を消してごみをうめて本はもらってきた。いつかひまな晩に読んであげるね」

「今日は？」

「今日？」

「今晩はひま？」

「まあひまだけど……」

フェーヂャはいすにとび乗って本をとりました。

「読んで！」

「ヨガ」ペトローヴィチは読みました。

「それきっとバーバ・ヤガー（ロシヤ民話に出てくるまほうつかいのおばあさん）の本だね！」

フェーヂャはよろこびました。「読んで！　読んで！　ぼくおはなし大好き」

「ここにはね、いろんなかっこうをしたはだかの男がえがかれているんだ。ほら、こんなに足をまげている。なぞのほほえみをうかべて」

「絵の下になんて書いてあるの？」フェーヂャはたずねました。

「ハスのかっこうはヨガの基本。目をつむり頭のなかをからっぽにする」

「どういうこと？」フェーヂャはたずねました。

「わからない。とにかくやってみよう」

そう言ってペトローヴィチはうまく足をくみました。フェーヂャは足が太くてうまくいきません。

「しかたない、ぼくはあとで練習する。ペトローヴィチ、頭のなかはからっぽ？」

「うん」

「そしたら鼻で息をして」

ペトローヴィチは息をしはじめ、フェーヂャはまたキイチゴのジャムでお茶を飲みはじめました。フェーヂャが三杯目のお茶をゆっくり飲みおえると、ペトローヴィチは宙にうき、それからすーっと上へあがり、耳が天井にとどきました。ペトローヴィチは目をとじてなぞのほほえみをうかべてハスのかっこうで宙にういています。そして、すきま風がふくと少しゆれるのでした。

「ペトローヴィチ！　どうだい？」フェーヂャがさけびました。「これがヨガなんだね！　ペトローヴィチ！　ペトローヴィチ、きみはできたんだね！　目をあけて！」

けれども、ペトローヴィチはこたえませんでした。そこで、フェーヂャは机によじのぼり、ペトローヴィチのしっぽをつかんで引っぱりました。

ペトローヴィチはゆっくり目をひらき、びっくりしてフェーヂャの上に落ち、フェーヂャといっしょに机から床へ落ちました。

「すごい本だ！」ペトローヴィチはおでこのたんこぶをさすりながら言いました。

「みんなに見せにいこう！　みんなおどろくよ」フェーヂャは目の下のあざにスプーンをあてて言いました。

大きな原っぱにはまだオオカミしかいませんでした。オオカミは深いあなのなかにいて、スコップであなをさらに深くほっていました。

「やあ」ペトローヴィチは言いました。「ここでなにをしているんだい？」

「ひみつ。でも、おまえさんたちには教えてやろう。晩にこのあなを枝でかくすんだ。みんなが集まると、だれかがそこへ落ちて、みんなおおわらい。うまいこと考えたろう？　自分でもびっくり。ほってはびっくり、ほってはびっくり」

そして、オオカミはまたスコップを動かしはじめました。

「オオカミ、オオカミってば！　そんな『ゆかいな』あなはうめたほうがいいよ、でないと自分がそこへ落ちちゃうから」フェーヂャが言いました。

「フェーヂャ、これはユーモアなんだ。わかってくれよ。おまえさんは小さなイノシシの子供だからおれのしゃれがぜんぜんわからない。うめろだと！　もう二日もほっているのに！　うめろだなんて！　ほら、もうこんなに深いんだ！」オオカミは胸をはって言いました。

「ほんとに深いね」フェーヂャはうなずきました。

「でも、どうやって出るんだい？」ペトローヴィチがたずねました。

「どうやってって、こうやって！」そう言うとオオカミはぴょんぴょんとびはねました。

ところが、いくらとびはねてもあなのふちにとどきません。

「おーい！　おれ、あなに落ちちゃったみたい！」オオカミはこわくなり、へたりこんでわめきはじめました。

「助けておくれ！　もうしないよ！　うー！　うー！　あなをうめるから！　うー！　うー！」

「だいじょうぶ！　ぼくたちが助けてあげる！」ペトローヴィチは言いました。「この本が見える？　『ヨガ』っていうんだ。いまからそれを教えてあげる」

「ヨガはいらない。はしごをおくれ……」

「わめかずに聞いておくれ！」

ペトローヴィチとフェーヂャはオオカミにふしぎなハスのかっこうの話をして自分たち

のあざやたんこぶを見せました。オオカミはため息をついてすすり泣いてから足をふりました。『よし、やってみるか』

半時間もしないうちに、目をつむってまぬけなほほえみをうかべたオオカミの頭があなのふちにあらわれ、オオカミはシラカバやエゾマツより高くあがりました。

「ウラー！」フェーヂャとペトローヴィチがさけびました。「ウラー！　できたぞ！　オオカミ、オオカミ、オオカミ！」

けれども、オオカミは高くうかんでいるばかりで、風がそっと町のほうへはこんでいきました。

「マツぼっくりをなげつけようか？」フェーヂャは言いました。

「だめだよ！　目をさましてびっくりして落っこっちゃう！」ペトローヴィチは言いました。

数分たつと、オオカミは近くの丘のむこうへ消えました。

「ぼくたちのオオカミが飛んでっちゃった」ウサギはため息をつきました。「どうなっちゃうのかな？」

「もしかすると、飛んで飛んで、一、二週間したら、もどってくるのかな？」

「もしかすると、もどってくる……、落っこちなければ。ぼくたちたいへんなことしちやったね、フェーヂャ」

「なんでぼくたちなの？　本はきみので、ぼくのじゃない」

オオカミは一月たってようやくもどってきました。やせこけてきずだらけでいらいらして。

「どこにいたかって？　町にいたんだよ。のらイヌみたいにな。ごみためをあさったりけとばされたり。そして、やっと帰る道を見つけたんだ。ありがとよ！　ペトローヴィチ、あの本を持ってこい」

ペトローヴィチは『ヨガ』を持ってきました。

「いい本だよ。たいした本だ」オオカミはページをめくりながらそう言うとさっと足をふりあげて本を川のまんなかへほうりなげました。

「これでおしまい。もうたくさんだ。さんざん飛んだから。晩に来てくれよ、あなうめを手伝ってもらうからな」

オオカミはそう言うと家へむかいましたが、ペトローヴィチとフェーヂャは口をあけてつっ立ったまま。

原っぱのはずれでオオカミがふりむきました。

「なにをつっ立っている？　口をとじろ。おはなしはおしまい。じゃあな」

春の物語

「川が流れだしたよ！　ペトローヴィチ！　川が流れだしたよ！」イノシシの子供のフェーヂャはウサギのペトローヴィチの家へ飛びこんでさけびました。

「どこへ流れだしたの？」ペトローヴィチは毛布から顔を出してたずねました。

「氷と川がいっしょに海のほうへ流れだしたんだよ！　ごろごろ音がしてぐるぐるまわっている！　すごいんだ！　起きていっしょに川へ行こう。もうみんないるよ」

ペトローヴィチは急いで服を着るとフェーヂャといっしょにぴょんぴょんはねていきました。川はもういろんな動物でいっぱいで、みんなせっせとはたらいていました。

クマの家族はミツバチたちの巣箱をならべました。冬眠をおえたハリネズミたちは自分の針をきれいにしました。リスたちは自分の去年のものおきを見つけて、みんなに木の実をごちそうしました。最初のチョウが最初の花から花へ飛びながら朝食をとっていました。

フクロウさえ夜みえる目を大きくあけてなにかを見ようとしていました。オオカミとキツネはどっちが最初に流氷を見つけて冬眠する動物たちを目ざめさせたかで口げんかをしていました。

「なんていいんだろう！」ペトローヴィチは明るいおひさまがまぶしくて目を細めながら言いました。「ぼくたちもなにかいいことをしよう」

「うん！」フェーヂャはそう言うとでんぐり返りました。「もう一つ？」そう言うともう一つでんぐり返りました。

「ちがうよ」ペトローヴィチは言いました。「みんなにとっていいことをしなくちゃ。クマさんたち、お手伝いしましょうか？」

「ありがとう、ペトローヴィチ。自分でやれるよ」

「ハリネズミさんたち、お手伝いしましょうか？」

「ありがとう、ペトローヴィチ、だいじょうぶだよ」

「いったいだれにいいことをしたらいいのかな？」ペトローヴィチは考えこみました。

「そうだ」フェーヂャは言いました。「きみはぼくにぼくはきみにいいことをしよう、そうすればどちらも相手にいいことができる」

「フェーヂャ、きみはおりこうさん。行こう、きみにニンジンをごちそうするよ。それがぼくのいいこと」

「そしたら、ぼくのところへシラカバのジュースを飲みに来てね。それがぼくのいいこと」

「ぼくたちすごいこと考えたね」ペトローヴィチはよろこびました。「リスさんたち！　ぼくのところでいっしょにニンジンを食べよう！」

リスたちはもちろん、ハリネズミたちもうなずきました。クマもうなずきました。オオカミやキツネさえヴィタミン不足なのでニンジンをごちそうになると言いました。

クマははちみつの入ったいれものを、ハリネズミたちは干したリンゴを持っていきました。みんなペトローヴィチの家のそばの草地にすわりました。お茶を飲み、ニンジンをかじり、川の氷の音を聞いていました。

そのあと、ペトローヴィチは道具をとり出し、フェーヂャといっしょにわたり鳥たちのための家を八つこしらえました。すると、すぐにスズメたちがおおさわぎしてそこへ入りました。

「おまえさんたちはだめ！　しっ！　しっ！」フェーヂャはさけびました。

「なんだって！　なんだって！」スズメたちは大声でそうこたえると、いろんなスズメ言葉でフェーヂャをののしりました。

「それはわたり鳥たちの家！」

「ぼくたちだってわたり鳥！」そう言うと、スズメたちは、家からフェーヂャの頭の上へ、それからしげみへと、わたってみせました。

「いいから、そっとしておこう」ペトローヴィチは足をふりました。「スズメたちだって少しはわたり鳥なんだ。あしたまた新しいのをつくろう。そしたらみんなに足りるから」

大旅行

「でっかいいかだをくんでみんなで旅（たび）に出よう」あるときクマが言いました。「となりのおとぎの国をたずねて気ばらしをして日光浴（にっこうよく）をしよう」

「それはいいね」ウサギのペトローヴィチは言いました。

「どうやってもどってくるの？」イノシシの子供のフェーヂャは心配（しんぱい）になりました。

「だいじょうぶ。おとぎばなしのいかだはそんなに遠くへ行かないから。恋（こい）しくなったらもう家に着（つ）いているよ」

まもなくいかだができました。小旗（こばた）でかざり食べものをつんでみんな乗（の）りこむと、岸（きし）をはなれました。しずかな朝でした。赤いおひさまが川面（かわも）にゆらめき、いかだまでのびていました。

「いいねえ」クマは言いました。「しずかでやすらか。のんびりけしきをながめるとしよう」

「きれいだけろ！　きれいだけろ！」カエルたちが大声でこたえました。

いつものおとぎの国はそこでおわり、ロシヤ民話の世界が始まりました。

オオカミが顔をあらおうとバケツに水をくむと、ぶあいそうなカワカマスが入っていました。

「にがしてちょうだいよ」カワカマスはたのみました。「でないとろくなことないわよ」

「三つの願いごとは？」オオカミはたずねました。

「のこっているのは三つの大きな不幸だけ。ほしい？」カワカマスはたずねました。

オオカミはあわててカワカマスを川へにがしました。カワカマスはオオカミにぺっと舌を出し、なんとオオカミをペテン師よばわりするのでした。

「見て！　見て！」ペトローヴィチはさけびました。

緑の草の上にまほうの丸パンがころがっていて、見知らぬウサギが考えごとをしながらそっちのほうへ歩いていました。

「おい、なかま！」ペトローヴィチはそのウサギに言いました。「まほうの丸パンの歌を聞いちゃだめだぞ！　でないところがって行っちゃうから」

けれども、むかい風がふいていて、まもなく歌が聞こえてきました。

「ぼくはまほうの丸パン、まほうの丸パン、こんがりやけたころりんパン……」

いかだの上をガチョウ＝ハクチョウたちがなにかを見つめながらなんどかわたっていきました。

むこう岸ではルバーシカ（ロシヤの民族衣装）を着たクマが木かぶのあいだをよたよた歩いていました。シラカバの皮でできたかごを背負っていて、かごのなかからマーシャがひょっこり顔を出してにっこりわらって手をふりました。

「マーシャ！　マーシャ！」動物たちはさけびました。けれども、マーシャは指をくちびるにあててかごのなかへかくれました。

おとぎばなしの川をもう一つまがると浜辺があってひとりぼっちのバーバ・ヤガーが骨ばった足をあらっていました。旅する動物たちを目にすると、はずかしくなって急いでスカートをおろし、臼にとび乗ってひゅーと飛んでいきました。

このとき、むこう岸では大きな灰色のネコがこん棒を持って見知らぬキツネをおいかけていました。

キツネは黄赤色のオンドリを小脇にかかえていました。

「さあ！　さあ！」いかだの上のキツネはさけびました。「はやくにげて、お友だち！」

岸辺のネコはかがんで石をひろうと、いかだのキツネめがけてなげました。ばちん！

「あっ！　いたっ！」キツネは目をおさえてわめきはじめました。「あたしは別のおとぎばなしのキツネなのに！」

「鼻をつっこむなってこと！」ネコは一つうなって小山のむこうへ消えました。

むこう岸ではたたかいがおこなわれています。かぶとをかぶったひげの勇士がおとぎばなしのばけものの頭をつぎつぎに切り落とすのですが、頭はまたすぐに生えてくるのでした。

「こんなふうに善は悪とたたかい、たたかい、たたかい、たたかい……」クマはキイチゴのジャムの入ったびんをあけながらしみじみと言いました。そして、ぺろんと一口でびんをからにしてしまいました。

「どうしてもかなわないのだ」クマは悲しげにつけ加えました。

「じゃ、どうするの？」フェーヂャが言いました。

「そういうものなんだよね」クマは言いました。

川をもう一つまがると美しい宮殿が見えました。門からはひっきりなしに色とりどりのまほうの糸玉がころがり出て、鉄の長ぐつをはいた王子や王女たちがそれをおいかけてあちらこちらへ走っていました。

宮殿のむこうの細長い砂地には金のくさりがまきついた大きなナラの木が生えていて、木の下では子供たちがすわっておはなしを聞いていました。そして、そこにマーシャがいたのです！

「マーシャ！　マーシャ！」またみんながさけびました。けれども、マーシャはふりむきもしません。マーシャはどことなくパパに似ている年をとって毛がすりきれたネコのおはなしに聞き入っているのでした。ネコは足としっぽをふりながらなにかを物語っていました。

「きっとプーシキン（ロシヤの詩人）の物語が始まったんだ」クマは言いました。

そのとき、いかだがぐらりとゆれ、水があわだちました。武器を持ったおじさんたちが岸へあがりはじめたのです。かれらは夕日をあびて金のうろこのようにぴかぴか光っていました。

「なかなかいいな」フェーヂャはそう言ってあくびをしました。

「旅もいいけれどなんだかくたびれた。うちへ帰りたいな」ペトローヴィチはため息をつきました。

暗くなった水のなかから悪魔や人魚たちがこちらを見ていましたが、もうあまり相手にしませんでした。

もう一つまがると、ウサギの耳のついたおなじみの家が見えました。

「ペトローヴィチの家！」

「ってことは、もどってきたんだ！」

「ウラー！」

最初に水に飛びこんだのはカエルの旅行家たちで、リスたちがそれにつづきました。クマとオオカミがいかだを岸につなぐと、みんなさよならを言いはじめました。

「いい旅だったな」オオカミが言いました。「カワカマスはへんなやつだったけれど」

「ネコも！」オオバコの葉を目にあてながらキツネが言いました。

「でも、マーシャは別のおはなしでなにをしていたのかな？」ウサギのペトローヴィチがたずねました。「あのころりんパンのおはなしはどんなふうにおわったのかな？」

車

ウサギのペトローヴィチは野菜づくりが上手になりました。キャベツとニンジンはつぎのとりいれまで足りるくらいあったので、みんなにごちそうしていました。オオカミやキツネさえよろこんでニンジンをぼりぼりかじっていました。あるとき、オオカミが「最高のつけあわせ」と言ってフェーヂャとペトローヴィチをへんな目で見ると、クマがそれに気づいてオオカミをげんこつでおどしました。

「おい、灰色のはじしらず、なにをきょろきょろしているんだ？　舌なめずりなんかしないで自分の缶づめを食べろよ」

「おれがなんだって？　わかっているよ。おれたちが自然保護区に住んでいることくらい」オオカミはそう言いましたが「見てもだめ舌なめずりもだめとは」とぶつぶつ言うのでした。

ペトローヴィチは自分に車を買おうと思いました。

「こうするのさ」ペトローヴィチは思いえがくのでした。「自分の原っぱに小川のところまでニンジンをうえて、できたら町へはこんでいく。ナースチャのパパが手伝ってくれる。ぼくのことを愛しているから。だってパパがぼくを考えだしたんだもの。そして、ぼくは市場で自分のニンジンを売る。ヘフツィールのきれいな森でとれたニンジンにみんなが飛びついて、足までもぎとられそう」

「ひづめもね」フェーヂャがつけ足しました。

「もうかったお金でぴかぴかの車輪とハンドルのついたペダルつきの赤い車を買うんだ。そしたらみんなで森を乗りまわそう」

「そうしよう」オオカミが言いました。

一年たちました。ペトローヴィチはみんなに手伝ってもらって自分のニンジンをとりいれ、フェーヂャとナースチャのパパといっしょに市場へはこびました。市場ではすぐに人だかりができました。みんなウサギとイノシシの子供を見ようとしています。フェーヂャははずかしくなって売り台の下へかくれました。

「森のニンジンだよ！」ペトローヴィチは大声をはりあげました。「安いよ！　きれいだよ！」

お客がどっと押しよせて、ニンジンは売り切れました。

『子供の世界』（おもちゃ屋さんの名まえ）へ行くと、車がありました！　青いのも緑のも黄色のも白いのも。ペトローヴィチはほしかった赤いのをえらびました。「つつみますか？」

「三才から五才の子供用の車です」売り子さんが言いました。

「けっこうです」ペトローヴィチは言いました。「乗っていきますから」

ペトローヴィチはハンドルをにぎり、フェーヂャがとなりにすわりました。ナースチャのパパに足をふって、出発！　かわりばんこにペダルをこいでハンドルをまわしました。とてもはやいので耳もとで風がひゅーと鳴りました。とくにペトローヴィチの耳もとで。

夕暮れに森へ着きました。ペトローヴィチがライトをつけると、なんてきれい！　しげみや木々がおとぎばなしのようにつぎつぎと光のなかにあらわれて道をゆずるのでした。ペトローヴィチが器用な足でハンドルをさばいていました。

「ウラー！」原っぱに車があらわれると歓声があがりました。みんなは、車にさわってなかをのぞき、地面に横たわってペダルのしくみをしらべ、いくらするか、積載重量や馬力はどのくらいか、たずねるのでした。

「馬力じゃなくて、ウサギ力か、キツネ力か、オオカミ力だよ。だれがペダルをこぐかによってね」

「クマ力は？」クマがたずねました。

「だめよ、ミーシャ、あんたは車をこわしちゃう」キツネは言いました。

「綱で引っぱるならいいよ。そうしたらクマ力になる。一クマ力だよ」ペトローヴィチは言いました。

「一とはいえ、クマ力だぞ！」クマはよろこびました。

朝、みんなが車のまわりに集まりました。ペトローヴィチがハンドルをにぎり、フェーヂャがみんなの写真をとりました。とてもめずらしい一枚きりの写真ができました。

まずペトローヴィチが原っぱをあちらこちらへ走り、どうやってハンドルをまわしペダルをこいでクラクションを鳴らすか教えました。

みんなを押しのけてオオカミがハンドルをにぎりました。原っぱを横ぎると、深い谷のほうへまがりました。

「とまれ！」ペトローヴィチがさけびました。

「とまれ！　とまれ！」みんなもさけびました。

「なんで?」オオカミはふりむいてそう言うと、ハンドルから足を放してしまいました。

さあ、たいへん! ばしん! どすん! ばりん! ぶちん! がっしゃーん! すべておしまい。

オオカミはいろんな大きさのたんこぶだけですみましたが、車は……ウサギのペトローヴィチの車はぴかぴかの鉄くずの山となってしまいました。

「あんなにいい車だったのに」フェーヂャは言いました。

「おれなんかまだ乗ってもいないぞ」クマはべそをかきました。

「オオカミのやつ! 灰色のでくのぼう!」いつもはおしとやかなキツネが言いました。

「ぜったいゆるさない」

「いいから、いいから。けんかはやめて」ペトローヴィチはため息をつきました。「冬、春、夏がすぎたら、またニンジンがとれる。そしたら新しい車を買おう。これよりもっといいのを」

「そうだよ。そしたらまた乗りまわそう」オオカミはそう言うなりへたりこみました。クマにがつんとなぐられたので。

ウサギのサーカス

「ねえ、ペトローヴィチ、ぼく、あしたサーカスへ行かない」イノシシの子供のフェーヂャは友だちのウサギのペトローヴィチに言いました。「なにがいいのさ？　しこまれたイヌやトラばっかりで、そんなのつまらない」

「フェーヂャ、きみはこわいんだね」

「きみはトラを見たことあるかい？　こんな歯をしているよ！　それにイヌたち！　いくらしこんでも、やっぱりかみつくんだから」

「はずかしくないのかい、フェーヂャ！　ぼくたちはマーシャと行くんだよ。マーシャは女の子なのにこわがらない。ウサギのぼくだって平気だよ。それなのにきみときたら！　きみはそろそろ大人のイノシシじゃないか……。それにぼくたちの席は十二列目だから、イヌやトラはそこへ来るまでにおなかいっぱいになっちまうさ」

朝はやく、顔をあらって髪をとかしたペトローヴィチとフェーヂャはバスに乗りました。

ペトローヴィチは大きなヤグルマギクの花束を持っていました。

車掌さんは乗客たちに言いました。「イノシシの子供とヤグルマギクを持ったウサギをごらんください。入ってくるとちゃんとあいさつをして切符を買いましたよ。だれかさんとはちがいますね」

サーカスのそばではマーシャが森の友だちを待っていました。マーシャはパパの手をにぎっています。パパがまいごにならないように。

「ペトローヴィチ！　フェーヂャ！　はやく！　もう開演のベルが二つ鳴ったわよ！」

サーカスのなかに入って席に着くと、ゆかいな音楽が始まりました。器用なおじさんが、丸天井の下で、飛んでいるおばさんをつかまえはじめました。おばさんは、新しい知らせにびっくりしたカササギのようにあちらこちらへ飛んでいました。すると、みんなが拍手をしました。フェーヂャはすっかり拍手が気に入り、うれしくてきいきいさけびました。それから、リボンをつけた小イヌたちが飛びだして、学校ごっこを始めました。

「ほんと、ぜんぜんこわくないね」フェーヂャはうれしくなりました。「もしかすると、トラたちも小さいのかな？」

けれども、トラたちはどでかく、うなり声をあげてしっぽをうち鳴らしていました。フェーヂャはいすの下へもぐりこみ、そこからだとなんでもよく見えると言いました。ペト

ローヴィチはなぜかマーシャの肩へとび乗りました。

「そのおもちゃをどけてくださいな」うしろのおばさんが言いました。「その耳がひどくじゃまなの」

トラたちのあとは、手品師が出てきて、からっぽの帽子のなかからウサギたちをとり出しました。耳をつかんで。ウサギのペトローヴィチは心をえぐられるようでした。

「なんてことを！」ペトローヴィチはサーカスじゅうに聞こえる声でさけびました。「動物たちをそんなふうにあつかうな！」

「おもちゃのぬいぐるみじゃないんだぞ！」フェーヂャもさけびました。

すると、みんながペトローヴィチとフェーヂャのほうを見ました。手品師はびっくりして、ウサギのかわりにちくちくするハリネズミを帽子のなかからとり出しました。ペトローヴィチは自分の花束をマーシャにわたすと舞台へむかい、フェーヂャがあとにつづきました。舞台にあがるとペトローヴィチはうろたえる手品師を下から上へにらみつけました。

「ぼくがいまおまえさんの耳をつかんで帽子のなかからとり出したとしたら？　いいきもちがするかい!?」

手品師はだまっていました。そのかわりサーカスじゅうがざわつきはじめました。

「しゃべるウサギ！　しゃべるウサギ！　これぞ出しもの！」

「それがどうしたの?」フェーヂャは言いました。「ぼくだってしゃべる!」

「どうってことないわ」どこかのおばさんが言いました。「これは電子のおもちゃ。日本製のね」

「なんとでも言うがいい」ペトローヴィチは腹がたちました。「じゃ、みなさんはこんなことできる?」

ペトローヴィチはそう言うと高く飛びあがってうしろ足で自分の耳をはたきました。フェーヂャもそれを見てでんぐり返しをしました。拍手がわきおこるとペトローヴィチはおじぎをしてほかのウサギたちに言いました。

「みんな! ほんもののウサギのサーカスを見せてやろうぜ!」

すると、さっそく始まりました! ウサギたちはフェーヂャの上にとび乗ってピラミッドまでつくりました。それから、曲芸をやり、ダンスを踊り、ウサギの民謡まで合唱しました。出しものがおわると、ウサギたちとフェーヂャは花でうまり、サーカスの団長がかけよって「アンガージュマン(契約)! トゥルネー(巡演)!」とよくわからない言葉をさけびはじめました。かしこいペトローヴィチは、団長が自分とフェーヂャをサーカスにやとおうとしているのがわかりました。

「だめです」ペトローヴィチは言いました。「ぼくたちは生まれつき自然保護区の野生の動物ですから、ぼくたちがそこにいなければ自然保護区もなくなります。それに、もう夕方なので、ぼくはキャベツに水をやらなくてはなりません。さようなら」

マーシャとパパとおおよろこびの観客たちはペトローヴィチとフェーヂャをバス停まで見送りました。バスは花束で半分うまり、フェーヂャは大きなバラの花束をあの車掌さんにあげました。

「ありがとう」車掌さんはそう言うと赤くなり、自分の声とは思えないおどろくほどやさしい声で言いました。「乗客がみんなこのイノシシの子供やウサギさんみたいだといいのにねえ」

「サーカスはおもしろかった？」ペトローヴィチはフェーヂャにたずねました。

「すごく。とくにきみといっしょに出た第二部が」フェーヂャはこたえました。

「夏は秋より楽しく、秋は夏より悲しい、けれどきれい」イノシシの子供のフェーデャは流れ星を見つめて落葉のかさこそいう音を聞きながら言いました。

「きみはおりこうさんだね、フェーヂャ」ウサギのペトローヴィチは言いました。

「そうそう」ほめられて気をよくしたフェーヂャは言いました。「そろそろニンジンのとりいれだね」

「そうだね」ペトローヴィチはうなずいてお茶を飲みほすと自分も空を見あげました。

「あれ、星のひしゃくがあんなにかたむいている。もうねなくちゃ。あしたの朝また来てニンジンのとりいれを手伝っておくれ」

夜、ペトローヴィチはマーシャのところでかくれんぼをして、しゃべる魚をつかまえました。でも、その声はなぜかフェーヂャの声。

「ペトローヴィチ、ペトローヴィチ！　ペトローヴィチ！」

「うん、ぼくはペトローヴィチ。なんの用?」ペトローヴィチがそう言って目をあけると、窓から赤い朝日がさしこんでイノシシの子供のフェーヂャがのぞきこんでいました。

「ペトローヴィチ! はやく起きて。ニンジンが首を長くしてお待ちかねだよ」

「へんな夢だった! フェーヂャ、きみが魚なんだ。それもしゃべるの」

「きみのほうが耳の大きな魚だろ! さあ、起きて!」

秋のニンジンは最高です。ひんやりみずみずしく、まっ赤であまく、かじると楽しげな音がします。ぼり! ぼり! ぼり! ぼり! ぼり! するど、もうニンジンはありません。ペトローヴィチとフェーヂャは畑のうねのそばの落葉の山の上に腰かけてぼりぼりかじりはじめました。

「ねえ、フェーヂャ、マーシャはぼくのことを思い出しているかな?」ペトローヴィチはたずねました。

「思い出しているとも」

「じゃ、どうして手紙がしばらく来ないんだい?」

「ひょっとして、町のカササギたちがなくしちゃうのかな? おばかさんたちだから、おしゃべりに夢中になって忘れちゃうんだよ。また手紙を書きなよ。これこれしかじか、こちらはもう秋、フェーヂャがニンジンのとりいれを手伝ってくれましたって」

朝からずっとフェーヂャといっしょに畑ではたらいて、晩にペトローヴィチは手紙を書きはじめました。

ペトローヴィチは、くるくる丸まってしまうシラカバの白い皮を足で平らにして、こう書きました。「こちらは秋です。ホタルたちはもういません。クマたちは冬ごもりのしたくをしています。森では葉っぱがざわめいています。葉っぱたちは星たちといっしょに落ちてきます。ぼくは夏にきみのダーチャで楽しくあそんだことをいつも思い出しています。今日はそれを夢でも見ました。きみがくれた種でニンジンがたくさんできました。キャベツもよくできました。ニンジンの半分はフェーヂャにあげてクマにごちそうしました。きみによろしくとのことです。マーシャ！」こう書くとシラカバの皮の上になにかしずくが落ちました。「もうすぐ冬になると、きみはダーチャへ来なくなります」ペトローヴィチは鼻をすすり手紙の上に落ちたしずくを足でふきとりました。「お正月には来てください、ぼくに手紙をください。ぼくはとても、とても」ペトローヴィチはちょっと考えてもう一つ大きく書きました。「とても、恋しい」

ペトローヴィチが自分の名まえを書いて足を放すと、シラカバの皮はくるくる丸まって、ペトローヴィチはそれを赤い糸でしばりました。「あしたカササギにわたして町のカササギたちにわたしてもらおう。どこへでももぐりこむカササギたちはきっとマーシャを見つけてくれる」

なんてふしぎ！　ペトローヴィチは手紙に封をするとほっとして気分も晴れて、流れ星たちが空にすーっと線をひくのをながめはじめました。それらはほり返したばかりのペトローヴィチの畑の上に落ちてきます。

「この秋まきの星たちからいったいなにができるのかな？」ペトローヴィチはちょっと考えました。「きっとホタルたち」

ふつうのおはなし

たき火は燃えつきようとしており、晩のたき火から夜のたき火へかわるところでした。動物たちはもうお茶をたっぷり飲みましたが、まだ帰りたくありませんでした。

「ペトローヴィチ、おはなししてよ」イノシシの子供のフェーヂャは友だちのウサギのペトローヴィチにせがみました。

「どんな？」ペトローヴィチはあくびをしながらたずねました。

「ソーセージの」オオカミは言いました。

「ソーセージだけはごめんだよ！　ソーセージだけはごめんだよ！」フェーヂャは心配になりました。「ふつうのおはなしをして」

「ふつうのおはなしでもいいけれど、ソーセージが出てくるのにしておくれ。かたくてくん製にしたやつが」オオカミはそう言いはりました。

「だめ！　だめ！　だめ！　おまえさんがぼくのことをソーセージってからかったのを

ぼくが忘れたとでも思っているの!?」

「けんかはよしな」クマが言いました。「ペトローヴィチ、自分のおはなしを聞かせておくれ。おまえたちは口をはさまないこと」

「ただし、ふつうのおはなしにしてね！」フェーヂャは自分にお茶をもう一杯ついで、オオカミからなるたけはなれてすわりました。

「あるふつうの国にふつうの王様が住んでいました。王様の家族もみんなふつうでした。その国の人びともみんなごくふつうでした」

「いい出だしだね」フェーヂャはそう言ってお茶へキイチゴのジャムをさじに六つ入れました。

「その国の人びとは夢みていました……」

「ソーセージを？」オオカミはおがむようにたずねました。

「じゃ、そうしよう」ペトローヴィチは言いました。「かれらはソーセージを夢みていました。ソーセージが山ほどあって食べたいときにいくらでも食べられることを」

「ふつうの夢だね」オオカミは言いました。

「そして、あるとき夢がかないます。雨がふってきましたが、ふつうの雨ではありません。それはこんなに長くてかたくて乾いたくん製のソーセージの雨でした。フェーヂャ、まったくあぶらみのないソーセージだからね」

それでもフェーヂャは眉をひそめて暗い森のほうへ顔をむけてしまいました。

「それだけならいいのですが、雨はいっこうにやみません。おまけに、なぜかだれも夢みていなかったフォークといっしょにぱらぱらふるのでした。そのうちにまったく暮らせなくなりました。通りがみんなソーセージのぶあつい層でおおわれたばかりでなく、フォークをよけるために鉄の傘をさしていなくてはなりませんでした。みんなはとうに自分の夢をかなえてソーセージをおなかいっぱい食べて食べて食べすぎましたが、ソーセージの雨はなおもふってふってふりつづくのでした」

「いつもこうなんだよ」クマは言いました。「夢みて、夢みて、それから……、おなかいっぱいになる！　おなかいっぱいになってねむりこむと夢からなんにものこらない」

「それからどうなったの？」キツネがたずねました。

「王様は自分の家来たちを集めて言いました。『なんとかしなければ！　われわれは自分たちの夢を道からどけるのがおいつかん。もうすぐわれわれはソーセージにうまってしまう。川にもびっしりソーセージが流れている。それでお茶もこんなにまずい！　フォークについては言うまでもない！　とにかくいますぐ手をうたなくては！』

『なにかほかのことを夢みましょう。毒で毒を消すのです』いちばんりこうな家来が言

いました。

『では、チーズにしよう。チーズならもっとかるいから頭にぶつかってもそんなにいたくあるまい』王様は言いました……」

「いい夢ね」キツネはほほえみました。

「そうでもないよ」ペトローヴィチが言いました。「ふみつぶされてつるつるすべるチーズに町が屋根までうまっちゃう」

「それじゃ、小さくておいしいドングリを夢みればいい」フェーヂャががまんできずに言いました。

「おまえさんのドングリをやつらが夢みるなんて、虫がよすぎるぞ!」オオカミが鼻をふんと鳴らしました。

「どうすればいいんだい?」クマはウサギのペトローヴィチにたずねました。

「ぼくにもわからない! かれらはいくら話し合ってもなにも思いつきませんでした。すると、王様は家来たちにこう言いました。『王様のわしのおふれを聞いておくれ! このどろ沼からぬけだす方法を最初に考えついたものに王冠と王国をすっかりあたえよう』ふつうの王様たちはみんなふつうのおはなしでそのようにふるまいます。すると、王様の息子であるヴァーニャ王子が言いました。『食べものでないものを夢みましょう。なにか気だかいものを夢みるのです』

『いったいどんなものじゃ？』王様はおどろきました。

『そうだ！　そうだ！　いったいどんなものだい？』家来たちもおどろきました。

『たとえば、みんなでいっしょにこんなことを夢みるのです。あしたがとてもよい天気になって、みんなの気分がとてもよくなって、みんながとてもやさしくなって、たがいを愛し合うようになって……』

『なるほど、なるほど』王様はさけびました。『息子よ、はやくここへ』王様はじぶんの王冠をぬいでヴァーニャ王子の頭にかぶせました。

あくる日、ついにおひさまが顔を出し、みんなの気分も晴れました。いちばんしあわせなおとぎばなしのように」

「おしまい？」フェーヂャがそうたずねてあくびをしました。

「おしまい！」ペトローヴィチはそうこたえてあくびをしました。

「つまらんおはなしだ。お説教を聞かされるとおれはいつも腹がへる」

すると……、ごつん！　太くて大きなソーセージが一本、その頭に落ちてきました。オオカミは、頭のてっぺんのたんこぶにさわってからソーセージをひろいあげると、足で頭をおさえながら家へかけていきました。

「オオカミの夢はじゅうぶんかなったようね」キツネはそう言うとあっとさけび、たき火のなかへたおれました。みごとなローストチキンがせなかにどすんと落ちてきたのです。「こんどはチキンがふってきたらしいわ」キツネはせなかをさすりながら言いました。「もうねましょう」

みんなうなずきました。

トラのおはなし

パパは絵具と画布を一つにまとめ、おとぎの森へスケッチに行くと言いました。

「秋の美しさをえがきに」

「あたしも行く！」マーシャは言いました。

「おまえはいつも、なぜ、なぜ、ってうるさいけれど、パパは仕事なんだよ」

「あたしも仕事をするわ。ほら、あたしのえんぴつ。緑は草、青はお空、赤はおひさま、黄色と黒はトラのため」

「トラに会えると思うのかい？」

「きっと会える、あたしはそれをかくの。うちの子ネコをつれていって、親せきどうしなかよくさせるわ」

マーシャとパパがおとぎの森へ来ると、子ネコはしゃべりだしてしつこくたずねました。

「マーシャ、トラを見せて！　マーシャ、それは大きいの？　マーシャ、トラはもうすぐ？　マーシャ、いまなの？　マーシャ、まだなの？」

　マーシャはこたえて、こたえて、それから、子ネコをふところにかくして言いました。

「おやすみ」

　パパはマーシャをウサギのペトローヴィチとイノシシの子供のフェーヂャとあそばせて、自分はクマをつれて落葉(おちば)をえがきにいきました。クマはシラカバをゆすり、パパはまい落(お)ちる葉っぱをせっせとえがきます。風がふいて葉っぱがみんなちってしまうと、葉っぱのないシラカバとそれにだきつくクマの絵(え)ができました。

「いい絵だね」ウサギのペトローヴィチは言いました。「たださびしいな。ぽつんとシラカバが立ち、てっぺんに葉が一枚(まい)きりで、クマもひとりぼっち。それでさびしいんだ」

「ぼくもさびしい」イノシシの子供のフェーヂャがうなずきました。「絵の題(だい)は『秋の孤(こ)独(どく)』にしよう」

「おれを一樽(ひとたる)のはちみつといっしょにえがいてくれれば、おれはそんなにさびしくないのに」クマは言いました。

「トラはいつ来るの？」マーシャがたずねました。

「そう、いつ来るの？」子ネコもマーシャの上着(うわぎ)の折(お)り返(かえ)しのなかから顔を出してたずねました。

「ぼくたちのおはなしのトラなんだから、きっとやって来るよ」ウサギのペトローヴィチは言いました。「来ないはずないだろ?」

トラのことを聞くとフェーチャは家に帰りたくなりました。

「ぼくはもうトラを見たよ。サーカスでね。とてもおもしろいんだ。でも、なぜかもう見たくない。さようなら」

パパがたき火をおこすと、みんな輪になってすわりました。すわってトラを待ちながら、ぱちぱち音をたてるオレンジ色の火を見つめていました。

「みなさんに一つ狩りの話をしようか?」クマが言いました。

「うん」みんなうなずきました。

「あるとき、森を歩いていると、三人の猟師がナラの木の下でねころがっていた。しめしめと思ってしのびよると、一人の猟師がじまんしている。おれはクマを十頭たおした！　二人目は、おれは五十頭！　三人目は、おれは数えきれないくらい。いつもたおして、たおしまくっている……。

そこで、おれは立ちあがり、足をあげていった。『おまえら、密猟者たち！　見つけたぞ！　証明書はどこだ?』。かれらはあちこちへはってにげようとしたが、おれはやつらを鉄砲といっしょに森番につき出してやった。森番がやつらをしらべるように」

「いかにも狩りのおはなし」トラがそう言うと、みんなおどろいてそちらをむきました。いつのまにかトラがたき火に近づいて輪に加わっているのでした。トラはとても美しく、とても大きく、とてもさびしそうでした。

「まったく生きづらくなったもんだよ」トラは言いました。「おわかりかな、おれの毛皮がいくらするか？　五万ドルだよ。それで密猟者たちはすっかりけものじみて、おれから毛皮をはぎとろうとしている。よくこうしてみなさんのところまでたどりつけたもんだよ」

トラが深くため息をつくと、たき火がゆらめきました。子ネコがトラに近づいて、そのでっかい足をなめました。

「やあ」子ネコは言いました。

「やあ」トラがこたえました。「おれもこれくらい小さくなりたいよ。そうすれば、この毛皮も安くなるし、身もかくしやすくなる」

「パパ！　パパ！　トラを小さくしてあげて！」マーシャはたのみました。「でないと、密猟者たちにやられちゃう！」

「そうだね、トラもそうしてもらいたいんだし……」パパは言いました。

すると、トラは子ネコと同じ大きさになり、二匹の子ネコが相手をなめて鼻をこすり合いました。

「うちへ来る?」マーシャがたずねました。

「うん」トラはそう言ってほほえみました。

「やったあ! あたし、しましまのあなたをスケッチするわ」

マーシャはトラと子ネコをふところに入れると、パパといっしょに秋の落葉をかさこそふんでバス停(てい)へむかいました。

ペトローヴィチと愛

ウサギのペトローヴィチは耳つきの自分の家のそばにすわって二つの夕日を見つめていました。一つは空にかかり、もう一つは川にうつっていました。ペトローヴィチの友だちのイノシシの子供のフェーヂャはいちばん星を見つめていました。

「あしたはどうしても町へ行かなくては」ペトローヴィチはため息（いき）をつきました。「マーシャから手紙が来たんだ。ナースチャが恋（こい）をしたんだって」

「だれに？」フェーヂャはたずねました。

「ロッカーに」

「ロッカーって？」

「ぼくにもわからない。名まえはパーシャらしい。あだなはチェブラーシカとかチェレパーシカとか。きみはマーシャの字が読めるじゃないか。とにかくむこうへ行ってみないとね。もしかして、助（たす）けがいるかもしれないから」

「ペトローヴィチ、きみがむこうへ行ったからってどうなるの？　愛っていうのはジャガイモやニンジンやキャベツとはわけがちがうんだよ。たしかに、子供たちはキャベツのなかで生まれてみんなに愛される、なんて言うけれど、ぼくは信じない。そんなの子供だましだよ」

「とにかく行かなくちゃ。もうおみやげも用意してあるし。だから、フェーヂャ、夕方になったらぼくのキャベツに水をやっておくれ、お願いだから」

「マーシャによろしくね。それからナースチャにも……、もしもぼくをおぼえていたら」

朝、マーシャは窓をたたくあの音を耳にしました。見ると、ペトローヴィチ！

「こんにちは」ペトローヴィチは言いました。「窓を大きくあけてわきへどいておくれ」

ペトローヴィチは、いきおいよくぴょんとはねると、もう部屋のまんなかにいました。

「フェーヂャがよろしくって。これは森のおみやげ」ペトローヴィチはベリーの入ったかごをマーシャにわたしました。「ナースチャはいるの？」

「だれもいないわ。さあ、このイチゴでお茶を飲みましょう」

「うん。ナースチャはもうずいぶん大きいんだろうね？　わからないくらいかい？」ペトローヴィチはコップを引きよせながらたずねました。

「そう。いいおばさんよ。はつ恋に夢中なの。そちらはどう？」

「森はなかなかいそがしいよ。冒険が始まったり、キャベツに水をやったり、ニンジン畑の草をむしったり」

すると、かぎがまわり、とびらがひらき、ナースチャによく似たおばさんが入ってきました。けれども、おじさんのようなかっこうをしています。海賊の頭巾をかぶり、耳には輪っかがたくさんついています。

「よお、妹」おばさんは言いました。

「ナースチャ！　ウサギのペトローヴィチがあそびに来ているのよ」

「そうなの？」おばさんはそう言うとまっさきに冷蔵庫をのぞきこみました。「どれどれ。チーズはない。サワークリームはない。ふむふむ」

それから、テーブルの上を見ました。

「妹よ、どうしたの、こんなおかしくてわらっちゃうようなベリー？」

「だから言ってるでしょう！　ウサギのペトローヴィチが森から持ってきてくれたの！」

「ウサギごっこ？　どうぞ、やってちょうだい」かつての女の子、ナースチャはそう言ってベリーをてのひらにすくいとりました。「なつかしい味ね。子供のころを思い出すわ」

「マーシャ」ペトローヴィチは小声で言いました。「ナースチャはぼくが目に入らないみたい」

「そのようね」

ペトローヴィチは足に頭をのせてため息をつきました。

「かのじょにとってぼくはもういないんだ。ぼくは愛しているからかのじょを見ているけれど、かのじょは愛していないからぼくを見ていない。忘れてしまったから」

「なんてなつかしい味」おばさんのナースチャはまたそう言うと、もう一度イチゴをたくさんすくいとりました。「ペトローヴィチが来たんだって？　どうしてるって？」

「ここにいる！　ぼくを見て！」ペトローヴィチは思い切りさけびました。

ナースチャがゆっくり頭をむけると、その目がぱっと大きくなりました。

「わらっちゃう」ナースチャは言いました。「ウサギ！　ほんと、ウサギのペトローヴィチだわ！　なんておかしいの！　そして小さいの！　ほら、おいで、おいで」

ナースチャはペトローヴィチをひざに乗せてやさしく耳をなで、ペトローヴィチはナースチャにからだをぴったりくっつけました。

「いまはあたしのウサギ」マーシャは言いました。「返してよ」

「パパがあたしのために考えついたんだから、ずっとあたしのもの」ナースチャはこたえました。

「でも、もう愛していないんでしょう。いまはロッカーのパーシャ・チェレパーシャに夢中で。返してよ！」

「返さない！」

「けんかはやめて。ぼくはきみたちのもの。きみたちはぼくのもの。ぼくたちはみんな同じおはなしに出てくるんだから。ナースチャ、そのロッカーのパーシャ・チェレパーシャってどんな人？」

「チェレパーシカ」ナースチャは少しなおしました。「かれのあだなはチェレパーシカ（「カメ」の意味）。かれはギタリストでロックをやるの。あたしもギターをひいてうたっている。ただ、あたしは弾きがたりの歌をうたうけれど、パーシャ・チェレパーシカはそんな歌は好きじゃないの」

「きみはそのロッカーを愛しているの？」ペトローヴィチはやきもちをやきながらたずねました。

「ええ」

「弾きがたりの歌も好きなの？」

「好き」

「それで、チェブラーシカ……じゃなくって、ごめん、チェレパーシカはきみの弾きがたりの歌がきらいなの？」

「そう」ナースチャは悲しそうにこたえました。

「ややこしいんだね」ペトローヴィチはため息をつきました。「それで、ナースチャ、きみはぼくを愛しているの？」

「もちろん、愛しているわ」

「ぼくもだよ」ペトローヴィチは言いました。「ぼくたちのほうはこれではっきりしたけれど、チェブラ……じゃなかった、チェレパーシカのほうは自分たちでどうにかするんだね、ぼくなしで」

「やさしいのね、ペトローヴィチ」ナースチャは言いました。

ペトローヴィチは最終バスで家へ帰っていきました。青い窓のむこうで月がぽんぽんはねながら走り、星たちもそれにおくれずについていきました。

「ロッカーたちはみんなすぎさっても、ぼくは……、ぼくはずっとのこる」ペトローヴィチはそう思ってほほえみました。「だって、ぼくはナースチャとマーシャの子供時代の一部なのだから。子供時代の思い出ほど大切なものはない。おとしよりはみんなそう言うよ。そして、ナースチャとマーシャのパパがぼくやなかまたちをちゃんと文と絵にかいてくれれば、ほかの子供たちもぼくのことを知ってくれる……」

ウサギのペトローヴィチは、おとぎの森をめざして星たちのあいだを走る夜のバスにゆられながら、そんなことを夢（ゆめ）みていました。

アレクサーンドル・ペトローヴィチ・レペトゥーヒン

画家、教育者、作家。1948年ソ連邦（現 ロシヤ連邦）ニコラーエフスク＝ナ＝アムーレ（アムール河口付近の港湾都市）生まれ。1971年ハバーロフスク国立教育大学（現 極東国立人文大学）美術学部を卒業、児童美術学校、普通教育学校、ハバーロフスク国立教育大学で教鞭をとり教材を作成する。1989年より、チター州（現 ザバイカーリエ地方）立美術館、極東美術館、A .M. フェドートフ名称絵画ギャラリー（どちらもハバーロフスク市）、現代芸術ギャラリー『アールトエタージ』（ヴラヂヴォストーク市）などで個展を開催。作品は、ドイツ、スペイン、カナダ、米国、日本の美術館や個人の所蔵品に。創作ジャンルは、肖像画、風景画、挿絵と幅広く、近年は福音書を主題とする絵画シリーズ『道』を制作。文学にも携わり、童話ならびに地元の現代の芸術および文化活動家（イコン画家や詩人など）を紹介する記事を執筆。文学、芸術、学術の分野における功績に対し、ロシヤ文化省、ロシヤ作家同盟、ハバーロフスク市行政府の賞を受賞。著書に『村が男の脇を通った』（1989年）、『ヘフツィール物語』（2006年、全ロシヤP.エルショーフ記念賞）、『新ヘフツィール物語』（2008年）、ダニイール・ハールムス詩集（2009年、挿絵）。ロシヤ美術家同盟会員。

おかだ かずや

1961年浦和市生まれ。早稲田大学露文科卒。元ロシア国営放送会社「ロシアの声」ハバーロフスク支局特派員。現在、新聞「ロシースカヤ・ガゼータ（ロシア新聞）」翻訳員。訳書に、シソーエフ著／パヴリーシン画『黄金の虎　リーグマ』（新読書社）、ヴルブレーフスキイ著／ホロドーク画『ハバロフスク漫ろ歩き』（リオチープ社）、アルセーニエフ著／パヴリーシン画『デルス・ウザラー』（群像社）、シソーエフ著／森田あずみ絵『ツキノワグマ物語』『森のなかまたち』『猟人たちの四季』『北のジャングルで』『森のスケッチ』（以上未知谷）がある。

きたやま ようこ

1949年、東京生まれ。文化学院卒業。「ゆうたくんちのいばりいぬ」第１集（あかね書房）で第20回講談社出版文化賞絵本賞を受賞、ほか受賞歴多数。「りっぱな犬になる方法」「いぬうえくんとくまざわくん」「ぼくのポチブルてき生活」などのシリーズも人気を博し、作品はイタリや台湾、中国、タイで翻訳され、国境を越えて高い評価を得ている。絵本の翻訳も多数手がけている。

ヘフツィール物語（ものがたり）

おとぎばなしの動物たちとふたりの女の子の友情についての
たのしくておかしくてほんとうのようなおはなし

2015年10月20日印刷
2015年11月10日発行

著者　アレクサーンドル・レペトゥーヒン
訳者　岡田和也
絵　きたやまようこ
発行者　飯島徹
発行所　未知谷
東京都千代田区猿楽町2丁目5-9　〒101-0064
Tel. 03-5281-3751 / Fax. 03-5281-3752
［振替］　00130-4-653627
組版　柏木薫
印刷所　ディグ
製本所　難波製本

ブックデザイン　石田徳芳

Japanese edition by Publisher Michitani Co. Ltd., Tokyo
Printed in Japan
ISBN978-4-89642-483-6　C8098

新ヘフツィール物語

ウサギのペトローヴィチとそのなかまたちについての
たのしくておかしくてほんとうのようなおはなし

文　A・レペトゥーヒン
訳　岡田和也
絵　きたやまようこ

話の話
愛情と友情
こわいおはなしごっこ
ハリネズミの子
遮断機
迷路
オランダイチゴ
アメリカの友だち
……ほか、全21話

続刊

未知谷